曾經 世紀末抒情

南方朔——著

本書於1998年首次出版，
經校訂後重出新版。

【代序】
我影徘徊，我舞零亂

南方朔

儘管文類的變化有如潮起潮落，而我情所獨鍾的，則是那個早已被遺忘的古典：古典的戲劇、古典的詞賦、古典的小說，當然還有古典的散文。

古典的散文，不只是一種書寫，亦非舞文弄墨的獨白，而是一種態度、一種希望的顯露。它用文體寄託情意，也在情意中表現議論。古典之讓人覺得真誠親切，在於它從來即未忘記議論。古典是文以載道。

因此，中國的古典散文，無論書牘、序跋、敘記、傳志，或者銘箴、詔令、策論，文體或有不同，但辭藻和議論則總是兩相得兼。《文心雕龍》將文體分為數十種，但卻總結的指出，所有的文體都要在情意與說理中統一，也要讓辭藻和議論同棲。因而遂曰：

「夫鉛黛所以飾容，而盼倩生於淑姿；文采所以飾言，而辯麗本於情性。故情者文之經，辭者理之緯；經正而後緯成，理定而後辭暢：此立文之本源也。」

中國的古典散文在辭藻與情意間不忘議論，而在西方的古典散文裡亦然。從十七世紀開始，西方的文學家，幾乎每個人同時也都是政論家，甚至還是社會活動家。巴斯噶、蒙田、歌德、拜倫，寫《魯賓遜漂流記》的笛福，寫《失樂園》的米爾頓，幾乎個個如此。因此，他們創造的古典散文，也都情意、文采、說理交融。歌德如此說道：「心靈最深的關切，必須用文字之嘴來討論。」而巴斯噶則曰：「文章是一種自然風格的顯露，它使人驚奇和愉悅，因為，我們不但發現了一個作者，更重要的是發現了一個真誠的人。」

這就是古典，它在理性與感性間徘徊，也是文采和議論間的舞蹈。古典的散文，無論表現為札記、短論、政論，甚或書牘，它都是那麼的情性流露與文采斐然。《湖濱散記》的作者梭羅說道：

「作文裡沒有僥倖，亦不容許詭謀。你所寫的也就恰恰好的顯露出自己。每一個句子都來自漫長的生命檢證，而文章從頭至尾，則是作者性情的表白。這種道理永遠如此。」

因此，我總是喜好那種消失的古典，喜歡那個文辭不在獨白造作裡虛耗的散文傳統。語言文字承擔著生命的重量，重量是散文的宿命；但也正因有了重量，不但散文值得，甚至生命本身也變成了值得。

雖然難以企及，但始終我心嚮往，嚮往那個我寫我心、我寫我論的散文時代。散文可供懺情，可以用來敘述私密，散文可變成生命的隨想，而隨想中則濃縮著時代的印痕。我喜歡古典的散文，就在摩挲它們的痕跡時，對每個時代的生命也更多了體會。

不願寫自己的私密，但我卻試著面對自己的感覺。這本書就是一個小小的紀錄。世紀末的鐘聲已將響起，那是一種時間的催逼。我不想趕搭世紀末的列車，但卻也不能無視於時間正快快消逝的那種凋年急景，我在世紀末的此刻抒寫我的情懷，儘管抒情中仍難免猶存議論，但多少也算得上是一種心靈的見證。

我影徘徊，我舞零亂，過了強說愁的年歲，多了一些世事滄桑的感悟，縱使抒情亦不再那麼貧薄可憐。這些都是生命裡的繭痕，裡面有著掛念及祝願。

是為自序。在一個思緒徘徊的午後。

卷二 愛在荒廢中

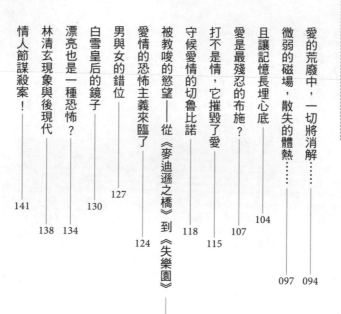

卷三 生命最後的兩秒鐘

卷四 張望永恆

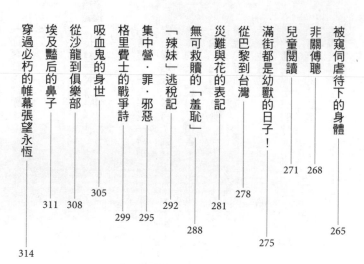

卷一

除了愛，沒有別的答案

謹記住那樣的時日
在膠泥凝硬之前
每個人都是一封書簡。
彼此鐫刻著印痕
同屬人生邂逅的友朋。
每人是每人的痕跡
無分喜惡或智愚
都在封緘裡完成。

——義大利詩人列維（Primo Levi）

暗夜裡的哭聲

在那個須臾的瞬間，模糊的記憶快速掠過，
一切化為烏有，最後留下來的
只有昔日暗夜裡的哭聲。啊，我的母親。

又逢母親忌日，儘管許多瑣碎的記憶早已在歲月中漸漸荒頽，但母親那次暗夜中的哭聲則始終縈繞未去。

父親在四十二年前因意外猝逝，不識字的母親遂只得以幫傭和幫人洗衣維生。母親活得卑微辛苦，而我則在卑微中覺得受到傷害。母親幫洗衣服的有兩家是同學，我再也沒有和他們說過一句話，甚至上學也都寧願繞比較遠的路，而不要走過他們的家門口。傷害造成痛恨易怒，小學時有個好心的老師，不收我的補習費，我也沒有絲毫的感激。受傷害的人有另一種刺蝟般的心靈世界，它抵抗一切惡意，但同時也防衛和拒絕各種善意，並視善意為一種侮辱式的憐憫。

受傷害是種心靈的疫病，到了中學時變得更加嚴重。念中學時有很長一段時間不帶便當，回家和母親一起洗衣服，草草吃過飯後再返回學校，委屈感也就更增。那時媽媽收幾個大學生的衣服來洗，洗幾天下來，就會發現有人心壞得將別人的衣服夾帶進來，讓我對這個世界更加的痛恨，並愈來愈自暴自棄。

高二那一年吧，成績每況愈下。有天拿回家目不忍睹的成績單，母親沒說什麼。到了半夜被抽抽噎噎的啜泣聲驚醒，是母親在哭。初時聽著還覺得又羞又怒，但她哭著哭著，聲音變得幽長而斷續。那是個冬天的夜晚，母親哭著她的絕望。我匍匐在棉被裡，從既臊又怒，最後在悄悄中淚流滿面。她不知道我聽到了她的哭聲，也不知道我的流淚，但世界上大概只有母親的眼淚可以讓人淨化。我後來的人生種種，從那個時候開始。儘管沒什麼顯赫風光，但再也不願讓母親在暗夜中繼續她絕望或羞辱的淚水。

母親由於太辛苦，二十二年前，只活了五十八歲就離別人世。母親的死是蠟燭過度燃燒，太早就變成殘灰。有次我看到一個中年掃街婦，身軀佝僂，面色蠟黃多皺，頓時悚然而驚，因為那就是母親的面容。

多年以後，有次乘坐飛機，在數萬呎的高空，下面是一成不變的雲層，機身的嗡嗡顫動也規律得像均質凝膠，一切時間空間的參考點都已失去，飛機似乎已停止不動，時間也彷彿終結，生命則到了它的最後。在那個須臾的瞬間，模糊的記憶快速掠過，一切化為烏有，最後留下來的只有昔日暗夜裡的哭聲。啊，我的母親。

爸爸的簡陋神主牌

失去父親會使一切的委屈
都變成思念。

爸爸死的時候，我正念小學五年級。

那天下午正在上課，鄰居的伯伯跑來學校通知，說爸爸出事了，要我立刻收拾書包回家。趕回家裡，門口擠滿了人，而母親則哭成一團。接著，母親帶著我和姐妹們趕往醫院。那是我們見到爸爸的最後一面，他全身被飛機油箱爆炸的大火灼傷，除了眼睛外，全都被紗布裹著。他看著我們，目光泫然，有話想說而不能說。他沒有熬過當天的夜晚，從此，我失去了我苦命的父親。

爸爸生時艱苦，死得悲慘。他從少年時期就離開家鄉到上海的機械工廠當學徒，而後當機械工，部隊裡的機械士、機工長。在當學徒的時候，被機器壓斷左腿，從此以後即一腳高、一腳低的拐著走路，走他高高低低、離亂坎坷的一生。

他的一生像他殘缺的雙腳。他和母親在抗戰時曾住過緬甸。在那裡，他們生了我的哥哥，才過完週歲就得瘟疫死了。爸爸自己也得了鼠疫，大家都說不行了，要我母親準備料理後事，但他終究還是活了回來。這些事情都是母親後來一點一滴告訴我的。原來他們曾經過的，居然是這樣的生命。

爸爸逝後，沒有什麼遺物。我只保存到一張身分證，兩張泛黃的舊人頭照片，還有他逝後那一方非常簡陋的神主牌。但儘管如此，我對他的不多記憶卻始終兀自長存：

他整天都在太陽下工作，皮膚有那種炭烤的焦黑色。回家吃晚飯時，打著赤膊、汗珠子骨突骨突的向外直冒。他那種生命的粗礪強韌，成了我遺傳的主要成分，許多地方我都與他很像。爸爸脾氣不好，小時候我常被打得鬼哭神號，打得受不了就跑。那是一種暴君似的打小孩，毫無道理。從第一名變成第二名要打；小事忤逆了他，也要打。可是也真奇怪，後來我從未因為被打而痛恨過他。失去父親會使一切的委屈都變成思念。我寧願他一直活著，縱使被打到天荒地老。

父親逝後，有一天家裡來了兩個美軍軍官，送給母親一個他們十幾個人簽名的弔唁卷軸。那個卷軸我一直保存著，卷軸記載著他們對父親工作的感謝。陪同來的翻譯官說，父親是個很被他們尊敬的人。登門致唁是他們的首次。

父親逝後，隨著年齡漸增，我對他的思念日深。他就像我供奉的簡陋神主牌，一塊簡單的木板，上面寫著他的名字。那塊木板的紋理粗糙，甚至連漆都沒上。神主牌的粗礪，訴說著父親那受苦的一生。

食物常是母親的記憶

飲食連接著感覺和記憶，愈能感覺飲食的人，也就愈能感覺記憶和其他應感覺的事。

紈袴的普魯斯特（Marcel Proust, 1871-1922），他的《追憶似水年華》有層層疊疊的肴點回憶。其中有一段說到一種扇貝形小酥點「小瑪德蓮」（petites madeleines）。他這樣寫道：

某個冬日，返回家裡，母親見我凍寒，給我一盅熱茶。我沒有喝茶的習慣，最先推拒，後來不為什麼特別的理由而改變了心意。她又給我一片圓鼓鼓叫做小瑪德蓮的點心餅，它看起來像用扇貝殼當作模子那樣有褶紋。我那天過得很沮喪，當咬了一口餅之後我喝進一整匙的茶。當熱茶和餅混合，觸及齒頰，我忽然覺得一陣心顫並停了下來，想著……如此劇烈的快樂從何而來……突然之間，記憶將它揭示了出來，這個味道就是我在康伯利時每個週日的瑪德蓮，那天早晨在望彌撒前我不會出去，當我到妮奧阿姨臥房向她問安，她總會給我一片小瑪德蓮，先在她的茶或麥汁杯裡浸一下……當我嚐出這是阿姨給我的浸過茶湯的小瑪德蓮味道，她在街上的灰色老屋……所有的康伯利，它的周遭，整個城市和花園，都浮現了出來並凝聚成形，變為一種存在。

這就是食物的記憶。食物不只是入肚為安的飲食動作，它也是一種連接記憶的符號。食物進入身體，食物的符號聯想則走進記憶。由於食物通常都是和最親密的人分享，因而食物的記憶總是勾起母親、家人、愛情等過往。我自己有時下廚，煮啊煮的，也不知道為了什麼原因，就煮出了母親的味道。

小瑪德蓮是瑪德蓮蛋糕的延長，它們都用奶油、蛋、細糖、冰糖、蜂蜜、麵粉焙成；但瑪德蓮蛋糕上除了淋上糖霜外，還有許多不同的果漿或果粒。瑪德蓮蛋糕是幸福兒童的最愛，它總讓人回想起甜膩的童年，因而又名「記憶的蛋糕」，而這種記憶多半又都和母親相連，人們對母親的懷念和記憶也在食物中。

普魯斯特大概是西方第一個將食物比擬成寫作的人，他說過，寫作是用文字來探索感覺和記憶，而烹飪則是用食物來探索感覺和記憶；反過來說，閱讀和品嚐也同樣相當。他說道：「我快樂的將自己拋進作文造句的愉悅中，如同大廚從替別人烹飪中得到空閒，最後回頭來欣賞自己的手藝。」

飲食連接著感覺和記憶，愈能感覺飲食的人，也就愈能感覺記憶和其他應感覺的事；一個作家，飲食的感覺細膩，對有情世界的感覺也不會粗糙，除了普魯斯特，不是還有曹雪芹？

感覺了別人，你才真正存在

人在傾聽的沉默裡，
始能真正的得到「感覺能力」。

最近迷上了《電視冠軍》這個節目。連續幾次是藉著品嚐而鑑定拉麵出自哪間料亭的比賽。有一個參賽的老兄品嚐某一盅拉麵時，沉吟半晌就正確答出該拉麵的製作餐廳名稱，答案是：「它的拉麵所用的蔬菜，沒有農藥的味道。」他的味蕾發達的程度，令人驚嘆。

品嚐拉麵而能鑑定出料亭名稱，料亭要營造自己與眾不同的風味，而顧客則要成長出細緻的品味能力。或許有人認為這是耽溺紈袴，但文明的精或粗確有客觀的基礎。有人飲酒一口，就能清楚說出酒裡的陽光及風的訊息，從而判定年分和產地，而不是簡單地說「好」、「不錯」、「差不多」。電影《芭比的盛宴》裡，那位將軍入口每道食物都能翻轉出昔日正確無誤的記憶。

飲食的進化依靠可以客觀化的感覺能力。而人類的進化不也同樣需要感覺能力？心腸好的人，總是能知道別人的感覺，縱使默然相對，心意卻已兀自通聞。黑澤明晚期電影《八月狂想曲》一片中，談核爆的那段，其中有一幕，一個老婦探望另一老婦，兩人對坐整日，一句話也沒說。人的共感到了某種程度其實已可不再需要言語。一抹眼神、一個表情，世界完足在無言中。

這就是「感覺能力」（sensibility）。這個字從九〇年代後，已成了西方當代哲學裡最常被用到的字。現在的人，由於人們被各類慾望和恐懼操控，語言的掠奪和防衛日甚，每個人都要說自己的話，為了能被聽聞，大家也都提高了分貝。於是，眾聲喧譁，在一片聒噪中反而誰也聽不到別人在說什麼；由於大家搶著說，當然誰也沒有時間去聽。人們在愈來愈多的語言和噪音裡，反而更加的喪失了安心及安全。世紀末的喧囂和焦躁，「感覺能力」在退化，人也變得愈來愈粗暴和喜歡胡扯胡鬧。世界在語言中碎裂。

只會說自己，不去聽也不會聽別人，這時候就想到德國哲學家海德格對「靜默」的討論。他說，古代所謂的「說話」裡，其實包括著「傾聽」的成分。只是這部分被後來的我們丟棄了。為此，現在已更加需要「靜默」和「傾聽」。在「靜默」中，人會將自己敞開，會出現和別人共有的空間，「冗長的說絲毫不保證溝通，只是瑣屑的不聰明……傾聽的沉默能讓流暢的真理汩汩無噪音的進入心中。真切的靜默是真切的對話。」人在傾聽的沉默裡，始能真正的得到「感覺能力」。

要對別人好一點

人對別人壞，乃是一種自大，
自大到將別人視為一個對象而加以踐踏。

雖然從事的是新聞文化工作，但最近這幾年，每天清晨打開報紙的手卻愈來愈忐忑不安。就在紛紛亂亂的新聞背後，讀到的是人與人之間的相互憎恨。這種憎恨讓我害怕。

憎恨是一種沒來由的卑劣和心胸狹隘；歷史及文化塑造它，自鳴正義的擅專自大則給它營養。憎恨是靈魂的莠草，造成滿庭荒蕪。愛爾蘭詩人史蒂芬斯（James Stephens, 1882-1960）寫過一首談憎恨的詩。其中有這麼一段：

將來某一天，諸事已矣

我們射完彼此所有的箭
可以問一問：為什麼我們
要互相憎恨
卻找不出像樣的理由。
到了那時，或許我們會知道
以前的彼此憎恨簡直是個謎團。

這就是憎恨的謎語。它是心靈的盲點，今天的自鳴正義到了某天自己也受害，就會悔恨交加。憎恨使人刻薄、殘忍、放肆、獨斷。它讓人變成刺蝟，在仇恨別人的同時也讓一切的恨歸向自己。

今天的社會使人不安。我們已不再貧窮，也不再愚昧，但貧窮愚昧的善良厚道卻在以進步為名的過程中被蒸發掉。我們是聰明的一代，聰明的相互折磨，聰明的唇槍舌劍。每個人都充滿聰明的憤怒和怨恨，就是不會對別人好一點。不會對別人好一點的結果，就像法國沙特所說的「別人是地獄」，人們因而自囚在由別人所築成的地獄中。

對別人要好一點，乍看這是小事，但在人對人愈來愈壞的這個時代，它早已是當代哲學及神學裡最重要的課題之一。人對別人壞，乃是一種自大，自大到將別人視為一個對象而加以踐踏。只有人對自己謙虛，我們才會去聆聽和感覺別人，並與之對話。人類的生命不是一場獨白，而是和別人的永恆對話，這就是親密關係，而台灣失去的就是這種親密的感覺。人不需要用踐踏別人來證明自己的存在。少了傲慢及憎恨，自然就會多出體貼與厚道，憎恨是一切惡的源頭。

我們的社會是一株正在長歪的樹。有些人傲慢得冷酷，有些人刻薄到令人寒慄。另外有些人則自鳴正義得讓人提心吊膽。他們每個人一定有他們的理由，但他們共同缺乏的則是良善。我最敬仰的前代神學家，德國的潘霍華牧師（Dietrich Bonhoeffer, 1906-1945）說過：「除非我們有勇氣為保留人與人的良善關係而奮鬥，人類的一切價值即將淪沒於紛亂中」。因此，請對別人好一點！

黑風暴雨裡的不忍——颱風夜讀颱風詩

古今相照，發現到的卻是昔日那樣的關懷已漸漸薄了。

賀伯颱風時，整夜風聲呼嘯，落地窗當風而立，都被吹成了微微的弓形，使人驚懼不已。唯恐窗破風入，長驅直灌，留下一片狼藉。

上次的餘悸未消，又是溫妮颱風過境。在風號雨咷的夜晚，再度徹夜難眠。就在這樣的忐忑裡，信手翻閱前人的颱風詩，有兩首最讓人印象深刻。

一是清朝咸同年間，彰化名紳陳肇興的〈大水行〉，寫的是海水倒灌的恐怖。原詩甚長，起首幾句為：

黑風吹海使倒立，百川水從內山入。
排雲駕雨鞭蛟龍，白浪高於天一級。
千年古木摩蒼穹，隨波漂蕩西復東。
砰巖撼嶽相激搏，巨石旋轉如飛蓬。
頃刻民盧看不見，百里哀呼叫水變。

讀到這樣的詩句，就讓人想到一八一一年美國天象巨變，當時自然史家所作的紀錄：「松鼠成群，倉皇南奔，數十萬隻溺斃於俄亥俄河。地震使密西西比河倒流，水勢上行，迅若奔馬，森林整片整片的仆倒；而雙尾彗星則橫越美國天際。」自然災變無分古今，都是那麼的令人戰慄。

而另外一首，則是原籍金門，後來定居新竹的名宿林豪所寫的〈鹹雨嘆〉。林豪，字潛園，他的詩寫的是光緒年間澎湖颱風時的焚風，起首幾句是：

噫嘻乎悲哉！
狂風刮浪吹為颱，麒麟之颶挾火來；

青青草樹變焦赤，四野得雨翻成災。
想是雨師經此土，下視閭閻淚如雨。

颱風之夜，讀前人所寫的颱風詩，除了欣賞他們描寫颱風景象的精準外，真正讓人動心的，乃是這些忝為名流的士子諸紳，他們在那個科技落後，無力防颱的時代，儘管行有未逮，但對災後蒼生的悲憐卻仍是他們人格內化的主要部分。因此，林豪在其他的詩裡，遂有諸如「但愁草野饑，那計官吏瘦」、「欲解蒼生命倒懸，安得青天一聲鳴霹靂」等句子。至於陳肇興則對當時吏治的腐化與爭逐功名利祿等有更尖銳的批評，遂有諸如「爭功不少熊羆將」、「祇聞攘臂爭金帛，可有驚心到斗刁」等諷世之論。

好的官吏要有「但愁草野饑，那計官吏瘦」的期許，這種期許現在已應成為官吏的起碼要求。但颱風夜讀颱風詩，古今相照，發現到的卻是昔日那樣的關懷已漸漸薄了，少了！

消失中的木麻黃記憶

靠海邊的地方最能讓人感覺到沙的生命，
冬天的季風一起，
風沙就透天向陸地蓋來。

台灣的西南沿海、沙灘上經常錯亂的長著蓬草，退後一點，則是高矮不等的林投；再後面則是一排排木麻黃。

到了秋天，蓬草乾枯，像圓球般隨風在沙岸滴溜追逐。林投的核果已經長成，吊在樹上，狀似頭顱，搭配著亂突似的林投葉叢，蕭瑟中見淒厲。大人總是喜歡嚇小孩，說是上吊的林投姐的幽靈。黃昏時，小孩們聽到風吹林投的簌簌聲，嚇得只有穿過木麻黃防風林，風聲小了，驚悸的心才稍稍安定。

這就是木麻黃的記憶，它捍衛著海岸，也守護著許多人的童年安穩。木麻黃的根株抓地深，大家以為是一節節的葉子，其實是小枝條，它最適合用來搔人的鼻子和臉，而那些有許多小尖角的毬果，則是男孩們相互扔擲的武器。木麻黃是人們失去了的童年。

然而，這樣的記憶似乎正漸漸地變成愈來愈不可能。最近這幾年，海岸防風林的木麻黃，由於汙染和砍伐，正快速的在死亡和消失中。當沙灘沒有了木麻黃，那些鹹鹹的細沙就開始有了生命，會一點點的向陸地入侵。雲林的麥寮和口湖等四鄉鎮，靠海邊的地方最能讓人感覺到沙的生命，冬天的季風一起，風沙就透天向陸地蓋來。看到風和沙，就想到在台灣已有百年之久的木麻黃。

台灣的木麻黃開始於本世紀初。殖民的佐久間左馬太政府在台灣成立「中央研究所」，統籌化學和衛生的研究，並協調外來樹種的引進。一九一〇至一三年間，自東南亞引進木麻黃達十三種之多，後來陸續繁殖，遂成為台灣最主要的防風固沙林，有些地方亦作為行道樹。木麻黃、相思樹、尤加利等常見的樹，從此成為台灣植物史的一部分。

有樹就有水，有水就有人。台灣木麻黃逐漸死亡凋萎，不只是自然的警訊，也是百年來和木麻黃一同生長的記憶被時間的沙粒所沉埋。正如同今日的人再怎麼想像豐富，也思憶不起昔日台灣滿山滿地都是水鹿的過去。人們有本領讓鹿原消失，讓圍繞台灣海岸的木麻黃長城枯謝，這其實並非進步的代價，而只不過是以代價作為藉口的心靈的荒漠。正如同海岸木麻黃逐漸消失，山林也同樣在破壞中惡變。由於從小在樹下長大，又讀樹多年，行過無數山林，對木麻黃遂難免悲哀了起來。

人間難得是體貼

最細膩的人性，
只有在對待生命中
最艱難的生老病死上看得最清楚。

年輕的時候，一直很喜歡收在《今古奇觀》和《醒世恆言》裡的那則〈賣油郎獨占花魁〉傳奇故事。

這個故事，它最有價值的地方並不在結局，而在於過程。一個卑微的年輕賣油郎仰慕紅得發紫的頭牌妓女，最後幾經波折，終於贏得美人芳心。他打敗那一堆穿金戴銀的膏粱子弟，依憑的乃是誠懇與體貼尊重。整個故事裡，只有他把花魁當作人來看待，對她甚至還有點膜拜。他每件事都能為她設想，故事裡最細膩的就是這些真心體貼的小地方。

而人間最難的也就是這份體貼。當我們介意某個人或某件事，這時候，心靈的感覺能力就會大增，並自然而然的會設身處地來想一切的相關問題，當事情處理得不好，甚至還會羞愧懊惱。對人對事的介意，也是當代學說裡「親切」和「親密」（intimacy）的起源。

可是，體貼終究愈來愈趨稀少。現在的人，或者因為頤指氣使已成了習慣，或者因為在忙碌與自私的冷漠中已對周遭的一切都變得麻木不介意，它遂使得我們的社會，從政府到個人，都愈來愈失去體貼之心。無論做什麼事都粗枝大葉，甚至還粗魯草率，尤其不該的是無論多麼的粗率，那些人居然都能毫無愧怍的一直因循下去。我最怕看災變和意外災難的現場，以前因為工作，總是不得已的去礦變現場，死者都永遠一床蘆蓆或白布，曝陳荒野，讓人酸鼻。而這種對死者的不介意，卻仍然延續至今。對死者的身體如果有點介意，就會懂得矜憐哀恤，不讓他們公開的曝陳和被人看到。最細膩的人性，只有在對待生命中最艱難的生老病死上看得最清楚。人是不是有感情，是不是懂得尊敬別人，在這些事情上都將無所躲藏。

英美有句口頭禪，大家都很介意並懂得欣賞彼此的體貼，總是會說「你真體貼」（You are very considerate.）「體貼」也就是「深思熟慮」，是對一件與別人有關的事想了又想。當我們介意別人，別人也才會介意我們。只有介意和體貼，冰冷的世界才有可能變得溫暖起來。

但介意與體貼卻仍離我們極遠。無論說的是什麼，但在做的方面，我們的口頭禪「神經大條」卻無疑的說出了大家的心靈構造。「神經大條」者不懂細微細膩，當然也就不能去感覺其他的人與事。人必須用細膩體貼來磨平粗礪麻木，它需要一種我們想都沒有想過的「情感教育」，讓人們學習文學藝術，學習揣摩別人的感覺，學習用精緻的語言表達自己。對人對事有親，世界始會有情。我們已經需要把神經變細條起來！

大家都長得很好看

讓大家在各種與美有關的項目下呈現自己，
於是我們遂發現幾乎每個人
都至少會在某些地方獨特有味。

普普藝術的最主要畫家安迪・沃荷（Andy Warhol, 1928-1987）在一九八二年八月五日的日記裡，這樣記曰：「……請告訴我，為什麼現在的每個人都那麼好看呢？在五〇年代的時候，有些人的確漂亮好看，但其他所有的人則都難看。到了今天，卻每一個人都有迷人之處。這是怎麼發生的？」

雖然安迪・沃荷沒有答案，但他提出的卻無疑是當代最重要的話題之一。以前我們的確都只認為某幾個人是標準的俊男美女，其他眾生則個個平凡乏味。到了今天，則不但走在路上覺得滿街的人個個都有風韻，縱使乍看平平，多看幾眼，也都能看出平平之中別有韻致。這已是不再有醜人的時代，別說凡夫俗子如此，明星之中不也亦然。洛・赫遜、伊莉莎白・泰勒等規格化俊男美女已成過去，現在當紅而且各有風味的都是非格式化的人物，像歪臉的梅莉・史翠普、粗壯的琥碧・戈柏、嘴巴長斜的梅艷芳、很像市場主婦的艾瑪・湯普遜、彷彿路邊女孩的帕妃二人組，如同平常美國人的艾爾・帕西諾等等。

有人說是「醜人當道」，但更準確的說法則應該是規格化的美醜標準已經消失，因而人們看美醜的眼睛也彷彿被洗過了一樣。沒有了強迫的美，就不會有強迫的醜。讓大家在各種與美有關的項目下呈現自己，於是我們遂發現幾乎每個人都至少會在某些地方獨特有味。有味就是美。日本新新偶像松隆子濃眉粗髮，不也讓人覺得美在其中？

創造規格化美與醜的機制在衰退中，五〇和六〇年代，每當「世界小姐」和「環球小姐」競賽，都被視為一等一的大事，而今它的地位已開始明顯衰退。這些選美會本來想藉此建造一種全球統一的美的標準，但它多多少少已被其他國家「搶球」（poaching）搶得難以再求統一。創造美與醜的機制開始被形勢所逼，已轉向到「衰老——青春」上作文章。「美——醜」變成瘦身及永遠年輕為訴求的抵抗衰老。創造美與醜的工業雖然仍極頑強，但已失去了最重要的陣地。

關於美和醜，近代已有許多有趣的研究。我們的眼睛從來就不是看山是山，看水是水。眼睛總是蒙著一層由心靈造成的翳，它會遮蔽了美醜，溫娣・查普吉絲（Wendy Chapkis）說：「它讓每個人都覺得自己有缺點，沒有人敢說自己好看。」

因此，安迪・沃荷終於說出：「為什麼現在的每個人都那麼好看呢？」實在值得感謝。

一個愛貓的男人

他在對人類失望後，
從和貓相處中找回到相知的溫柔。

美國小說家布洛斯（William S. Burroughs. 1914-1997）八月二日逝世，享年八十三歲。一個傳奇人物結束了他傳奇的一生，愛貓是他傳奇的一部分。

布洛斯是當代文學裡的最後傳奇。他出身豪門，祖父是收銀機的發明人，但他卻未繼承到家族經商的基因，自哈佛畢業後即落拓江湖，是吸毒的前輩人物。一九五一年他在一個家庭派對上喝醉酒，把酒杯放在妻子頭上用槍射擊，結果酒杯未射中，反而將妻子射死。這個豪門了弟的荒唐命案轟動一時，他則於被指控謀殺後棄保潛逃，到墨西哥、德、法等國流浪，並改變人生，開始寫作，一九五九年《裸體午餐》（Naked Lunch）這本高度實驗性的前衛小說出版；他開始聲名大噪，並成為一代偶像。除了寫作外，他也參與搖滾樂、電影及歌劇的製作。「重金屬」這個字就是他所首創。在近代小說及影像語言裡極重要的「剪拼技巧」（cut-ups）也是他的發明。他被認為是近代美國作家裡最大的天才。在撲捉世界的荒誕、冷漠、混亂無序上有經典性的貢獻。

布洛斯的作品裡，最有人味的乃是他晚期所寫的小書《貓之內在》（The Cat Inside），非常深刻並細膩的表達出了他對貓的深情。他在書裡寫道：「我們都是貓之內在，我們是不能單獨走動的貓，對我們而言，只有一個地方可去。」這段有點難解的句子裡，他想說的是：人是世上最殘酷的動物，人在虐待貓的時候，貓固然日益危險，但就在這樣的殘酷裡，最後是人自己也愈來愈孤單可憐，最後是人也走上和被虐待的貓同樣的命運。

布洛斯是少有的愛貓男子。他在對人類失望後，從和貓相處中找回到相知的溫柔。他說：古代埃及人在貓走失後，都悲痛不止，並以修剃眼皮表示哀傷。而今日為何已失去了這樣的哀傷，「小小的死亡乃是最傷感的死亡」，它被寫在過去的書裡，「但這些書都已化成了塵埃」。

布洛斯愛貓到了這樣的程度：「貓不只是寵物而已。牠是活生生的有呼吸的生命，而人和任何生命的接觸都讓人感傷，因為在這樣的接觸裡，我們看到了接觸的限制，痛苦和恐懼，以及最後的死亡。也正因此，當我觸撫一隻貓的時候，總是情不自禁的淚流滿面！」

一生都是傳奇的布洛斯，甚至他的養貓也都變成了傳奇，他愛貓已到成傷的地步。或許他才是真正懂得愛貓的人吧！

享受孤寂——蒙田的後廂房

每個人都需要別人的唾液來苟存，
還有誰願意去享受內在放逐的成長樂趣？

歷史上，蒙田（Michel Eyquem de Montaigne, 1533-1592）最懂得自我放逐的重要。當他三十七歲時，對爭擾不已的宗教衝突和內戰日益倦怠，於是遂停止一切政治與社會活動，退隱到他的書房裡閱讀、沉思及寫作《蒙田文集》。

他這樣寫道：「我們必須保留一個屬於自己的後廂房，自在的在這裡營造我們真正的自由，以及我們的退隱和孤寂。我們在這裡的日常談話對象是自己。它是如此的私密，以至於任何外在的聯繫與溝通都將無插足的餘地。我們在這裡自在談笑，彷彿我們並無妻兒僕從及產業的負擔。由於不為物喜，一旦失去也將無所憂。我們有一顆可以常相左右為伴的靈魂，我們可以和它對話爭辯，可以和它彼此施與受，我們不必擔憂在這樣的孤寂裡會沉淪在無聊散惰中。」

蒙田並未荒廢在自我放逐的孤寂裡。他研讀希臘羅馬經典和自我省思，使他成為當時法國最具獨立人格的啟蒙先驅。《蒙田文集》並開創了一種直到今日仍然有效的文體。蒙田是人類自我放逐最好的榜樣。

放逐有兩種，一種是自願或非自願的「流放」，那是「外在放逐」；另一種則是「內在放逐」，當人們對時代的僵滯不滿，對自己的無力感也覺得倦怠，這時就可能選擇「內在放逐」。「內在放逐」可能是自棄，但更可能是新起點的尋找。後來的精神分析大師榮格（C. G. Jung）對「內在放逐」有過這樣的解說：

「它是欲力的向內移轉……它關注的不再是客體，而是迴向於主體。任何人當他的態度內向化，他的思考、感覺與行動就會一切以主體為首要因素，客體則退至次位。內向化可能擁有既智性又感性的特徵，它可以被稱為直觀或敏銳。當主體面對客體面期望有某種隔離，這時的主體就會是積極的主體；設若欲力從客體上恢復不了主體，這樣的內向化遂變成消極的主體。」

因此，正面的自我「內在放逐」是思想的新起點。榮格也說過，當我們自我放逐並保有清明，我們就會更接近諸如命運、衝突、局限、昇華、憐憫等最基本的「原型」問題。只在人們接觸到這些問題時，才會彰顯出人的終極價值。

只是現在的人已愈來愈難這樣的放逐自己。我們被俗世的熱鬧喧譁包圍，孤寂在這樣的對比下則成為無法承擔的悲慘。每個人都需要別人的唾液來苟存，還有誰願意去享受內在放逐的成長樂趣？

這時候，遂格外懷念蒙田的後廂房起來！

軀殼關不住的蝴蝶

軀殼可以禁錮生命，
但禁錮不了意志。

多年前，一艘油輪在香港外海沉沒，四名身陷在壓力艙的船員無法逃遁，他們在死亡前唯一能做的事，就是給摯愛的妻子寫訣別書。

而今，鮑比（Jean-Dominique Bauby）也像身陷在潛水鐘裡的潛水夫。他在一次嚴重的中風後成了「準植物人」。他失去了說、吃、動的能力，只剩下一根肌肉還能動彈，那就是眨左眼眼瞼的肌肉。於是，他遂用別人唸字母、字母唸對了他就眨眼睛的方式，一個字母，一個字母，慢慢的代筆書寫，記下他的病中感想，寫成薄薄一本小書《潛水鐘與蝴蝶》（The Diving Bell and the Butterfly）。「潛水鐘」

代表了他像植物人一樣被囚禁在自己軀殼裡的狀態，「蝴蝶」則隱喻著他至死不懈的自由想像。這本小書已成為今年法國的暢銷書，翻譯的英文版也轟動英美。這是鮑比在人生最後時刻寫給生命的情書，洋溢著戀戀不捨。世紀末的此刻有太多人在虛擲著生命，但生命被囚禁在軀殼裡的鮑比則奮力要挽回它的意義。

鮑比是法國《ELLE》雜誌總編輯，一九九五年十二月八日，正當他年華正盛的四十二歲，一場突來的中風，使他失去了一切，只剩下一根能動的肌肉，他不再能健談和品嚐美食。他被自己的肉體所關閉，失去了人生一切的意義和樂趣。他仍然能看、仍有感情，但卻無法用別人會注意到的語言和動作來表達。他被「鎖在」（lock-in）自己的軀殼裡，這也意味著他被外在世界所遺棄。

他一個字母、一個字母寫出來的這本小書，有許多地方說到這種深沉的被棄感，雖然只是舉一些小事，但當人和外界無法溝通，自己的感覺不能被他人體察，那種失落與孤單就成了生命中最難承受的重量。然而，儘管生命已如此困頓絕望，只能眨眼睛的鮑比仍然找到了最後溝通方式，用比蝸牛還慢的步調，一個字母、一個字母的記下了他的心靈獨白。他讓自己的回憶、聯想、嚮往，像蝴蝶翅膀般的飛翔。他沒有講什麼大道理，都是瑣瑣碎碎的各種片段。但就在這些瑣碎中，卻讓人見證了最珍貴但也是最終極的心靈自由。軀殼可以禁錮生命，但禁錮不了意志。

捧讀鮑比的《潛水鐘與蝴蝶》，想到一九九七年三月書出版之後就死去的他，忽然覺得很快的讀完這本書實在是一種罪過。他一個字母、一個字母寫下他獻給生命的情書，也要人一個字母、一個字母那樣的去讀，然後繼續我們能愛能想的匆匆生命！

和春天談一場戀愛

透過清晨的明窗
用你天使般的眼睛環顧我們西方的小島
以全心的合唱歡呼你的到來，啊！春天

過完寒冷的冬季，開年就已是新春；儘管仍然寒意料峭，但一陣陣的生命騷動卻不再蟄伏。春天最適合寫詩讀詩，它由嚮往組成。

獻給春天的詩，或許要以神祕詩人兼畫家布萊克（William Blake, 1757-1827）的那一首最堪反芻：

帶著露濕的髮絲，向下凝望
透過清晨的明窗

用你天使般的眼睛環顧我們西方的小島
以全心的合唱歡呼你的到來，啊！春天

山巒相互通報，而音信
谷地也彼此聽聞。我們全部渴望的眼睛
都仰望你璀璨的亭榭……呈現
並讓你莊嚴的步履走訪我們家園

掠過東方群山，讓我們的風
親吻你的香袍，讓我們親嘗
你早晚的呼吸，散發你的珠串
給我們因為思念你而悲嘆的土地
用你美麗的手指將它裝扮
柔軟親吻它的胸膛，並加冕

你的金冠於它的皺額上
而它卑順的髮辮亦將向你匍匐。

布萊克獻給春天的詩，可以和《舊約》裡的〈雅歌〉對照著來讀。〈雅歌〉也就是〈所羅門之歌〉，它說的是春天的愛情故事，對身體和慾望有許多動人的描寫，但這種塵世的春天愛情也可以當作人和上帝之間的靈魂戀愛來閱讀。布萊克的詩裡，無論意象、辭句、風格，都和〈所羅門之歌〉相互呼應。他的春天是春神，是預報救恩的東方賢人，是帶來生命信息的天使。春天是一切美好的開始。〈所羅門之歌〉裡如此頌讚：「我的佳偶，我的美人。起來，與我同去。因為冬天已往，雨水止住過去了。地上百花開放，百鳥鳴叫的時候已經來到。斑鳩的聲音在我們境內也聽見了，無花果樹的果子漸漸成熟，葡萄樹開花放香。我的佳偶，我的美人，起來，與我同去。」這是春天的愛情呼喚，但若好色與好德均能得而兼之，豈非更加美好。

台灣的四季並不分明。如果到了北國，一屆隆冬，天寒地凍，樹幹光禿，大地銀得刺眼，這時候，一點點綠色都會讓人想起春天。布萊克的詩裡把渴望春天比喻成大地得到了相思病，這其實再貼切也不過了。

因此，讓我們好好的和春天談一場戀愛！

大典詩人的願景

詩是最精緻的語言，
可以壓縮出最深刻的視野和襟懷。

詩人在美國總統就職大典上誦詩，今年已是第三次了。第一次是佛洛斯特（Robert Frost, 1874-1963）一九六一年在甘迺迪就職時誦〈全心的奉獻〉；第二次是黑人女詩人馬婭．安傑盧（Maya Angelou, 1928-2014）一九九三年在柯林頓就職時誦〈晨光的脈動〉；九七年柯林頓第二任就職典禮上，則是威廉斯（Miller Williams, 1930-2015）誦〈歷史和希望之歌〉。

大典誦詩，不在歌功頌德，而是詩人藉此表達深沉的願景。這三首詩辭淺意深，音韻鏗鏘，閃耀著詩之所以為詩的光采，聽的人很難無動於衷。

威廉斯的〈歷史和希望之歌〉長三十四行，談的是過去、現在和未來的傳承及希望，以這麼好的句子結尾：

所有這一切都在孩子們手中，眼睛向著
我們將永不能再到訪的土地上。它雖未到來
但透過他們的眼，我們已可看到
我們長久給予他們的將可望成真。
如果我們能真正記得，他們將永不遺忘。

馬婭．安傑盧的〈晨光的脈動〉長一一四行。從事民權運動起家的她，詩中仍有抗議色彩，但卻有更大的包容。這首詩重點在談四海一家的精神，呼籲所有在歷史中曾有過噩夢的，都祈望新的夢想。詩的中段有如下動人的金句：

抬起你們的臉，許下深刻的祝願，
在為你們破曉的亮麗清晨。
歷史，儘管飽含擰扭的傷痕

但卻無法抹消，設若面對
以勇氣，則不需重新再經歷一次

安傑盧是很好的女詩人，詩風真誠無華，但有深沉的宗教感。她祝願著人們用清晨的心，重新活一個開朗的生命。

至於佛洛斯特的〈全心的奉獻〉，雖然短至十六行，但卻扼要的勾勒出他對國家的期待。那就是全心全意的為國家奉獻，「樸實無華，未加渲染」。這是國家生命的真正起源，因而他遂祝願道：

當時它如此，且預示它仍將如此。

詩是最精緻的語言，可以壓縮出最深刻的視野和襟懷。三首大典誦詩，三顆傑出心靈的祝願，我們不也應該重新拾起詩筆，寫下我們的願景嗎？

山中讀詩

到山裡水邊去親近，聽風的呼嘯、溪的呢喃、呼喚樹草鳥蟲的名字，重新試著用語言來說出這些感覺。

春節之前，買了諾貝爾獎詩人黑希尼的新著《精神層次》（The Spirit Level），一直未曾翻動。春節期間，走了一趟山林，載之以俱行，在重溫雨聲蟲聲和山花繽紛的況味中，讀到其中一首〈初言〉，格外另有一番滋味，詩曰：

初言已被汙染
如同晨間的河水
漂浮著濁物，來自

書背上的浮辭和扉頁。
而我只掬思想精髓的意義而飲
像眾鳥、芳草和石頭的啜吸。
讓萬物流動
隨著四個元素
隨著水、土、火、氣。

幾乎所有傑出的詩人或聖者，都會談到語言。〈約翰福音書〉一開頭就說：「太初有言。語言與上帝同在。語言就是上帝……萬物都是藉著語言被創造的。生命在語言之中。這生命就是人的光。」語言是人與世界的聯繫，在語言中人們始能認識自己，也知道自己的限制，從而知道謙卑和對世界充滿敬意。因而當我們說「初言」，指的是語言更接近生命本源狀態，和世界的聯繫更豐富的狀態。我們在語言中和世界連結並統一起來。生命的驚奇、與自然相邂逅的意外，都在語言中。

然而，這樣的「初言」卻在人們自以為是的墮落中失去，語言不再聯繫世界，而只表現自己或成為閒聊。這是人異化後的語言異化。語言儘管充斥，人和自然以及世界卻愈少聯繫。

因此，現在的人總是憂鬱和驚惶的。他們必須驚惶的找人閒聊，但在閒聊後則又難免更加憂鬱。一個細雨霏霏的春寒假期，不知道多少人得了慵懶倦怠症。

因此，詩人或許說對了：讓生命隨著更基本的元素去流動。到山裡水邊去親近，聽風的呼嘯、溪的呢喃、呼喚樹草鳥蟲的名字，重新試著用語言來說出這些感覺。美國的哲學詩人史蒂文斯說過：「企望變化的那種興奮，就是比喻的動機。」他的意思是，當我們接近萬事萬物，想要用更多的語言來說這種感覺時，我們才會有更多的感覺。

從山中歸來，衣袖猶帶著草與樹的祝福，我過了一個豐收的假期。

張愛玲與韓素音

這些才女美人的傳奇
是勘透世間後的另一種曠達，
或是一種真正的傷心？

近代中國女作家裡，兩個家世及生平相仿，但卻走到完全背道而馳方向的張愛玲與韓素音，她們的作品以及行止，長期以來，都是我心中最大的未解之惑。

張愛玲的確讓人迷惑。她是清末重臣李鴻章的曾外孫女，遺老的苗裔，豪門生活歷練所造就的獨特敏銳感受，加上她那種叛逆、終至於自外於一切的獨特風格，使得她像一代影后美人葛麗泰・嘉寶一樣，徹底的和世界告別，除了文學就再也沒有任何其他。這是一種徹底的自我放逐。葛麗泰・嘉寶在生命的最高峰突然自我隱居，不再會見任何人。碧姬・芭杜在歷經世情後，即再也不與人為伴，只讓貓咪圍繞。這些才女美人的傳奇是勘透世間後的另一種曠達，或是一種真正的傷心？抑或是她們在追尋完美但終不可得後的疏離？閱讀張愛玲的小說，翻看她的照片集，再參照她前夫汪偽紅人胡蘭成所寫的《今生今世》，又想到她的孑然而終，以及撒骨灰於荒野的遺囑，忽然興起了一種奇怪的愴然之感，而心頭的迷惑也更深了。張愛玲在那個民國不像民國的時代，仍有租界、仍有軍閥、仍有王朝復辟，人對外在全然無法掌握，甚至人間情愛也都轉眼即成雲煙，是不是正因如此文學才變成她唯一可信託終身的最後真實？

張愛玲的一種徹底的自我放逐，就讓人想起與她完全相反的韓素音。民國五〇年代張愛玲小說改編為電影時，她也活躍在香港，她的小說《愛情至上》改編為由珍妮佛・瓊絲、威廉・霍頓主演的《生死戀》，一度轟動好萊塢影壇。

韓素音家世與張愛玲相當，她的曾祖父周道鴻與曾國藩同輩，在剿捻、回的戰役中有功，祖父則為知府，父親周映彤則是中國第一代留歐學生，娶比利時女子為妻，那是比利時頗有名的丹尼斯家族，韓素音的親友中有多人官拜比利時國防部長、著名銀行家，她父親這邊也開了美豐銀行。韓素音後來進燕京大學、布魯塞爾大學，嫁國民黨黃埔留歐軍官唐保黃，他後來在「藍衣社」擔任重要職務，終至夫婦反目，而後，韓素音改嫁，並在東南亞、香港、歐洲等地活躍。她的作品多數以英文發表，《愛情至上》最為膾炙人口，近年來已陸續出版五大卷自傳，替中國歷史作見證，她極端痛恨國民黨而肯定中共，她是那種徹底的被自我的歷史認知所簡化的小說家及傳記作者。

因此，張愛玲與韓素音是兩種極端，一個自我放逐，除了文學即再無其他，而事實上是，除了文學之外，她這一生也沒有什麼其他。但卻也正因此，她的小說遂格外的深刻傑出。但韓素音卻不然，她是如此狂熱的介入者，她行醫生活，將寫作當作介入參與的媒介，寫作有了另外的目標，反倒泄泄沓沓。讀她五大冊的自傳，有些地方直教人不得不生氣起來。但無論如何，韓素音仍然是重要的。她總可以見到中共要人，她的英文著作也總受到注意。

張愛玲與韓素音，兩個傑出的女性作家，兩種完全不同的人生。張愛玲的一生走在歷史的邊緣岔路，她一無所有，但卻在文學上兀自長存；韓素音則一直站在歷史的浪頂，但卻失去了文學，只有塵世的熱鬧與風華。誰得到什麼的同時，也失去了許多其他，這個世界的天秤好像仍然有著它的公道。

而無論如何，我還是喜歡張愛玲多一點！

萬頃波濤自去來

人必須有一種自我許諾，
要在天秤上和輕若羽毛的正直共比重量，
或許這才是生命的終極意義！

近代最優秀的文史學者之一陳寅恪，死後遺命骨灰散撒珠江口。陳寅恪的妹妹陳新午嫁予已故的國防部長俞大維，他是台灣最好的清官。俞大維的遺命也是骨骸火化，撒於金門外海。

而半生蕭索的張愛玲，遺願則是骨灰撒大地，但因大地不可撒，最後付諸波濤。

而今，這些名字裡又多了鄧小平。在鄧小平之前，周恩來和陳雲也都是骨灰付諸江海。

死亡從來即是一種恐怖，它是人從「在」變成「不在」的不確定狀態，於是「慎護戒潔，奉屍如生」，在高塚深壙裡隱藏死者，遂成了聯繫生死，離避這種不確定的最後慰安。這時候能坦然面對死亡，火化遺骸，委諸大海，豈僅豁達，更多了幾分瀟灑。陳寅恪的屈辱磨難，俞大維的勘透世情，張愛玲的蒼涼孤獨，鄧小平的浮沉起落，都在茫茫大海的無言中被擁抱消融。

活著不易，死更艱難，如何跨過生死這一線，不但對個人，甚至對全體人類也都是一項難解的負擔，如何定義這生死一線也就決定了人們對待死後形體的態度。漢民族以前根據一種倫理上的懸念來連接生死，「孝子事死如事生」、「人死曰歸，葬曰藏」。藏形的墳塋成了倫理的圖騰。佛教東來，引進火化，被認為是殘酷的「焚尸」，儒臣賈同等甚至上疏要求禁止。

而無論漢民族的倫理懸念，或者西方以地獄建構而成的對死亡的恐懼，都是一種「本體性的不安全感」。生者對死亡的恐懼使得人們更固執的在意死後的形體。但這樣的建構，在近代卻已被社會變化本身所解消。當小家庭取代大家族，死亡的倫理壓力即被解消；當墓地公園化，對死亡的恐懼也就淡化；當人們衰老已不再是等死而已，對死亡的焦慮也就減少；死亡被還原成一種自然過程，人來自無何有之鄉，在世間無憾或有憾的走了一回，又將一切還諸天地。人活著的最大意義即是追求無憾，人我皆無憾，才是圓滿。儘管無憾難有，缺欠常在，人類的得救仍繫乎後起之人，死者的未了是活者的未來。

死亡被自然化，但這並非人的復歸虫豸，而是生命再一次變得更加嚴肅。活得莊嚴，死得輕盈。埃及《死者之書》裡寫著，人必須有一種自我許諾，要在天秤上和輕若羽毛的正直共比重量，或許這才是生命的終極意義！

朱熹拒絕登仙的詩

疏離和冷漠使得人們不能在人間拯救自己，
因而被動的祈求更大的上帝來幫助自己逃避。

朱熹寫過一首詩，說他拒絕修仙學道的理由。詩曰：

飄飄學仙侶，遺世在雲山；
盜啟元命祕，竊當生死關。
金鼎蟠龍虎，三年養神丹；
刀圭一入口，白日生羽翰。
我欲往從之，脫屣諒非難；
但恐逆天理，偷生詎能安。

這首詩的最後一句「但恐逆天理，偷生詎能安」，實在擲地有聲。他拒絕修仙，非因對仙佛的存在有所懷疑，而是相信在仙佛之上有一個更大的天理在焉。如果他只求一己的得道成仙，即會覺得內心不安，同時也違逆了天理。仙道佛道，再大也大不過反映在人間道裡的天道。他寧願在人間道上躑躅，而不願去神仙道裡逃避隱遁。

同樣的態度，韓愈也有詩一首誌之。當時傳說有一個少女羽化登仙，整個地方都為之抓狂。於是他遂以長詩書感。詩中說道：人生在世，終極的意義在於各「盡性命」，以完成生存必須承擔的義務。如果不掌握活著的意義而只求成仙，這樣的成仙也就毫無價值，因而韓愈遂曰：「莫能盡性命，安得更長延。」短暫的活著都找不到意義，永遠不死的成仙所造成的豈非只是將無意義拉得更長，成為更大的無意義？

因此，羽化登仙的慾望，起源於意義的匱乏。當人們在現世找不到活著的意義，慾望的黑洞即使得人們要向永恆的未來去告貸。但可以預料到，如此借來的神仙縱使不朽，大概也難免像月宮裡的兔子一樣，永遠重複著杵臼的動作。韓愈說登天成仙的想像是對人生的「不自信」，因而變成另一種「異物」，倒是印證了自古神仙皆寂寞的說法。

而世紀末的此刻，出現的恰好正是「意義的危機」。疏離和冷漠使得人們不能在人間拯救自己，因而被動的祈求更大的上帝來幫助自己逃避。近十餘年來各種「反常軌科學」（Deviant Sciences）大盛，許多人在想像裡將彗星尾巴視為天梯、外太空人上帝將會坐著飛碟幽浮蒞至。世界之病，病在人類將自我極大化，而後變成一種自戀，而現在則是自戀又走到它的極端，變成自了漢式的遁走。以前的人看多了劍仙故事，峨嵋山徑一度成為精神逃亡之路。而今天的逃亡則更簡單了，只要引頸看著青天。由等待的動作裡可以看到等待者的徵象，那就是在這個一切都變得廉價的時代，甚至連得救也都廉價了起來。

尋找有情的隙縫

二月的風雪裡，
她在蕭瑟裡尋訪綠色的新芽，
等待著繁花。

這首詩的題目是〈二月想著繁花〉，詩曰：

而今疾風折磨田野
翻成一片白礫
更加更加回到土的顏色
如同野獸嗅舐著傷痕

除了白即一無所有——白的光和空氣
殘存著褐黃的乳草莢
在谷地裡飄移，如同最小最小的
黃褐小舟在滔天巨浪裡

只要一個綠色芽尖的什麼
就能讓我恢復……

而後想著高挺的飛燕草
搖曳，或蜂群來造訪
勃艮地水仙的舌蕊

〈二月想著繁花〉出自當代美國女詩人珍．肯揚（Jane Kenyon）。她是個非常獨特的詩人，生性孤獨，有來自家族文化的沮喪感，她的生活也多磨難，夫婦曾羅癌症。她從八歲起就寫詩，但儘管作品千變萬化，但不變的主題都是「沮喪」和「憂鬱」，並成就了一家之言。她寫憂鬱已經到了非常形而上的程度，認為那是一種「對不愉快的貪婪」。她把人生譬喻成母樹上切下來的插枝，渴望著要在什麼地方落實下來，等著長出新而弱嫩的根芽。由於沮喪憂鬱是這個時代普遍的癥候，她巡迴各地誦詩，都會被許多讀者包圍，而且被她的詩所感動。她的詩寫這個時代的淡淡哀傷，但她卻能用萬物有情的溫暖來熨貼這些傷痕。二月的風雪裡，她在蕭瑟裡尋訪綠色的新芽，等待著繁花。她有另一首詩〈嚴冬的沮喪〉，她寫自己在沮喪裡粗暴的蜷縮成一團，但被冬陽照到的濕暖石塊，則讓她憬悟到再怎樣的大地無情，也都存在著有情的隙縫。她有一首組詩〈走出憂鬱〉，寫著當她極端憂鬱時，一隻靠到她腳邊的小狗，用牠的呼吸將她從沮喪中喚醒。

我在一次非常偶然的閱讀中發現到這個獨特的女詩人。許多別的詩人一一掠過，但她的詩卻彷彿主動跳出來那樣到了眼前，她是那種在無情世界裡追尋有情天地的詩人，而人活著的意義，就是在各種生命的痕跡裡張望有情的縫隙。她有一首〈黃昏的芍藥〉，最後四句可以代表這種你我同樣也可以的追尋：

漸昏漸黃的六月薄暮
我拈著一枝花朵，彎腰靠近
端視如同一名女子凝望
至愛情人的面容。

除了愛，沒有別的答案

世紀末的惘然，世紀末的恐懼，
頹廢中有焦灼，慾望中藏著不安。

近代詩人裡，義大利的萊維（Primo Levi, 1919-1987）描寫恐懼最讓人感傷。從集中營裡僥倖苟存的他，整個後半生都以痛定思痛的心情探索恐懼，最後他實在無法再承受，遂以自殺來表達他的悲憤。

他有一首短詩〈等待〉，寫恐懼惘惘的威脅：

只有閃電而無驚雷
聽不見的聲音四處響起
不安的睡眠和無用的守候。

朋友，不要忘了過去的時日：
漫長安詳的寂靜
親切如夜曲的街坊
還有寧靜的默想。
在萬葉蕭蕭沉落之前
在蒼冥又再闔眼之前
在我們再次醒來之前
熟悉的鐵靴步履
響在你我的門前。

曾經被恐懼驚嚇，因而靈魂重傷的萊維，他甚至將恐懼形上學化，變成一種普遍的虛無。因此，在另一首詩〈上岸〉的後半段，這樣寫道：

人的快樂如熄滅的灰燼
如河口的砂礫；

他擱下重擔擦拭前額的汗水
靜坐在路邊
不再恐懼，不再希望，不再等待
只是定定的看著西沉的落日。

對有形和無形的恐懼，近代作家裡沒有人寫得比他更沉痛。他曾經有過希望，希望重新找回大家都是兄弟姐妹的日子。那是他的詩集裡最好的一段：

謹記住那樣的時日
在膠泥凝硬之前
每個人都是一封書簡。
彼此鐫刻著印痕
同屬人生邂逅的友朋。
每人是每人的痕跡
無分喜惡或智愚

都在封緘裡完成。

世紀末的惘然，世紀末的恐懼，頹廢中有焦灼，慾望中藏著不安。除了用大寫的愛之外，誰也找不到答案。

文學是人性最後的屏障

人類在文學中保存自己最不能被毀傷的部分，
也在文字裡和自己以及別人做著最後的對話。

每年十月的第一個或第二個星期四，大家就期待知道誰是諾貝爾文學獎得主。這是簡單的好奇？或是這個獎真的有什麼不同的意義？

這時候，就讓人不由得想起巴斯特納克（Boris Pasternak, 1890-1960）所寫的一首詩〈諾貝爾文學獎〉。一九五八年這位俄國作家以《齊瓦哥醫生》長篇小說得獎，蘇聯政府不准他出國受獎，於是他於一九五九年寫了這首詩，不久後即含恨而逝。他的這首詩寫道：

彷彿執筆之困獸我被斷絕

與友朋、自由、和陽光；
而獵人更加猖狂
我已無地逃藏。

暗林和池岸
斷樹的枝幹阻擋；
無路前行，無法後退
悲運已降臨我身上。

我豈是惡徒或凶手？
我有何罪？
只不過讓全球哭泣
為我土地的美麗而哀傷。

悲運當前，距墳墓已不遠
我相信殘酷和怨恨
黑暗的力量終將及時
被光亮毀亡。

獵人圈圍已近
看著找錯了的獵物；
我的身邊沒有別人
沒有別人如親在傍。

喉頸套索漸緊
唯望上蒼給我最後的時光
讓淚被拭乾
被身側任何伸出的手掌。

巴斯特納克的這首詩，淒涼得引人落淚，但就在這樣的淒涼悲愴裡，我們也看到了文學最後的價值：它是人性最後的屏障，可以抵抗暴政、抵擋孤獨和命運一切的無常。文學自成一國，無論希望多麼渺茫，但總是存有希望。

人類在文學中保存自己最不能被毀傷的部分，也在文字裡和自己以及別人做著最後的對話。大家每年都關心諾貝爾文學獎並期望有所啟發，它所透露出來的，或許也就是人們終極追求的渴望！

無所屬之玫瑰

只要我們自己像孤零玫瑰那般開放，
無所求也無所害，
用我的綻放來妝點世界的華麗。

神祕是最大的黑洞，模糊而熾烈，使人暈眩的被吸入它的漩渦。神祕之所以蠱惑，乃是我們對它雖然畏懼，但同時卻又狂喜的有所期待。沒有恐懼和沒有期望同屬不幸，而神祕則是將不可能交會的兩者使之相遇，並成為一種耽溺。

因此，我們總是又怕又愛的去窺探各種神祕，如同小時候一群人熱切但又趑趄的鬼屋探險。窺探神祕不一定要證明什麼，而只是要證明自己，讓自己在這個充滿了不可知的世界上，解除不可知所帶來的惶恐不安。問題是，不可知的事物即不可說，當我們嘗試著要去說時，說的就不是那個不可知，而只不過用另一種話語說著自己。

近代新神祕主義在全球各地風行，星座占卜、塔羅牌和新巫術，以及求神拜佛等所在多有。這是個一切意義逐漸飄散的時代，於是人們遂企望在不可知裡尋找另外一些可知的容身之地。但因不可知的不可言說，追求的結果遂注定是一場徒勞。無論以哪一種方式談論神祕，它都是一個返回到自身的循環圈，什麼也沒有解決，什麼也不能解決。近代詩人裡，我最喜歡的其中之一是保羅・策蘭（Paul Celan, 1920-1970）。他有過這樣的詩句：

過去，現在，未來
我們都是
無。
那無之玫瑰
無所屬之玫瑰
開放著。

這個具有偈語風格的詩句，說的是人生的「無」，但並非虛無沒著落的「無」，而是像毫無所屬的玫瑰開放著的那種「無」。人生一場，我們自己的意義大概很難在其他的依附或不可知裡找到，只要我們自己像孤零玫瑰那般開放，無所求也無所害，用我的綻放來妝點世界的華麗。

追求神祕，只是用另一種方式說著自己。它兜了一大圈，其實什麼也沒說。心情悲苦的更加悲苦，趕時髦而以為獲得答案的，在時髦過後依然虛空，又必須到另一個新的神祕時髦中找那找不到的解答。悲苦而熱切的向外面尋找，反而忘了我們其實很可以像無所屬的玫瑰那樣兀自完美開放一生！

正因為有了裂痕

正因萬事萬物都有了裂痕
那一線天光才能照進！

生命的孤獨流啊流的，流成了一條河。於是，里爾克的〈自殺者之歌〉裡遂有了這樣的句子：

我知道，生命好極了。
世界是斟滿的福杯，
但並未流進我的血液，
卻只漲進了我的頭腦。
它營養別人，卻使我生病；

要知道，有人受不了它。

曾有人問聖奧古斯丁「時間」是什麼，他答道：「我本來以為自己知道，被你一問，反而不知道了。」對「生命」亦然，人們無法知道它是什麼，但卻知道它殘損的速度正在加快，愈來愈多生命連開始都還沒有的人，卻匆匆忙忙的要了此殘生。九二年六月匹茲堡大學舉辦了一次青少年自殺問題的國際研討會，這是美國的數據：

——美國每年有五十萬以上青少年意圖自殺，而五至十二歲的兒童竟然也有一萬二千人以上曾意圖自盡。乾乾淨淨的一張白紙，何其早就被塗抹上死亡的墨跡！

——在一九八九年，被認為是自殺而死的青少年裡，五至十四歲者多達二四〇人，十五至二十四歲者則有四八七〇人；而學者認為「全國健康中心」在做定性歸類時從嚴，因此，這個數字明顯的被低估。

青少年和兒童的自殺死亡率在增加，半世紀前，自殺者多數是年逾六十五歲的老者，但半世紀的進步，老者的自殺率卻已減半，大約從一九八五年開始，青少年及兒童的自殺率已超過平均的自殺率，自殺是兒童致死的第三大原因，是青少年死亡的第二大原因。對生命的倦怠、虛空、枉費、徒勞，已不再是我輩午夜夢迴時輾轉反側的夢魘，而似乎成了連兒童及少年少女也無法逃避的世界本質。而我輩有著那麼多的掛慮與未了的千纏萬結，那是終極的救命繩索，小孩子呢？

匹茲堡大學的青少年自殺問題研討會上，該校的布侖特教授（David Brent）在一篇論文中指出，青少年及兒童的自殺並非無跡可尋，相反的是，當人被自毀衝動所攫，他（她）也就出現各種超反應性，他（她）們會變成一個訊號機，向周遭不斷發出死亡的訊號，只是在這個愈來愈粗糙，人們的接收天線也跟著遲鈍起來的時代，這些訊號也就被錯過了。

時代真是愈來愈粗糙了，以前的社會貧窮而無知，死亡屬於久病不癒的老者或失去了依伴的寡婦所有，甘蔗園裡切脖子的、臥軌的、廁所裡上吊的，這些都是兒時殘餘至今的恐怖印象；絕大多數人則在無知中濡沫而遇，活著本身就是最大的意義。然而到了今日，活著已不再那麼艱難，已使人無法從活著本身找到意義，而必須從生命本質上探求意義，於是現代人，尤其是天資聰穎的現代人遂有了難以排遣的苦痛；在這個日益疏離、冷漠、犬儒、嘲諷的時代，人們也漸失去安慰的時刻裡，要怎麼逃避「生命不過是一堆枉費的熱情」這樣的質疑？

雪萊寫過許多鼓舞人心的詩，〈詠死〉一首有這樣的句子：

人啊！請鼓起心靈的勇氣
耐過這世途的陰影和風暴，
等奇異的晨光一旦升起，
就會消融你頭上的雲濤；

如果這還沒用，那就聽聽詩人歌手老柯恩（Leonard Cohen）的詩歌吧：

正因萬事萬物都有了裂痕
那一線天光才能照進！

也有好的世紀末

先知不應讓人畏懼驚恐，
而應讓人知道，
知道世界的變化。

愈近世紀末，傳染性的人心不安穩也就愈甚。有幾十家人已住進在德州沙漠裡特製的地下避難所，它可以躲過核爆或再次冰河期的巨變。有些人則住進加拿大的森林修行，以期度過劫運。甚至將人冷凍，等待復活，也可算是「世紀末症候群」的一部分。

因此，在談到這種集體的心情時，我們遂不稱「焦慮」，而稱「慌懼」（panic）。它彷彿小兔受驚後的成群竄動。一千年前的此刻，人們真的相信千禧年到來時世界將是末日，於是慌懼變成遮蔽的眼翳，人們看到的東西也都變了樣，天上降下紅雨，野狼坐進教堂的神，而星空也彗尾縱橫。相隨心生，情由識變，千禧年的異兆存在人們自己的心裡和眼裡：而大地裂開，火焰飛起的預言當然未曾兌現。

先知式的預言師不足俟。美國詩人威爾伯（Richard Wilbur）寫過〈給一位預言師的建議〉的詩，希望他不要用人的墮落及滅絕等來驚嚇我們，「太陌生的事將不會讓人害怕」，「我們怎麼能夠想像一個自己已滅絕無存的地方」。先知不應該讓人畏懼驚恐，而應讓人知道，知道世界的變化。

其實，世紀末並不足畏。上次千禧年的末世預言早已成空。當時的記載說，群眾聚集羅馬的聖彼得廣場，布衣荊冠，匍匐在地，等著被裂開的大地吞噬，但千禧年的鐘聲敲完良久，一切皆未發生，人們遂起身狂泣，互擁慶幸。

上次千禧年在慌懼中度過。有史可證的前七次世紀末多有驚恐。一三九九年理查二世被廢，人們相信這是最後審判的徵兆，因而一陣慌亂。一四九七年亨利七世寢宮大火。一五五八年新的伊莉莎白女王初登王座，也都造成人心的不安或驚慌。

但世紀末也有不驚慌的經驗。一六九〇年代在光榮革命帶來的樂觀氣氛下，來自荷蘭的威廉登基，除了進行服裝改革外，荷蘭琴酒也一路暢銷。一七八九開始的法國大革命是一個樂觀的世紀末。而上一個世紀末仍在維多利亞女王樂觀時代的籠罩下，也是個好而樂觀的世紀末，反倒是二十世紀的世紀初爆發了末日式的第一次世界大戰！

二十年前，法國的龐畢度中心揭幕啟用。它有一個特殊設計，時間鐘像個絞刑架，以西元二千年為它設定的終點，一分一秒滴答著走向二千年，它的寓意何在，是要提醒或者嚇人？但可以想像的是，當時間滴答到那個時候，巴黎人大概不會匍匐在地，反而可能是在那裡猛開香檳，狂歌醉舞吧！

卷二

愛在荒廢中

愛情只想滿足它自己
束縛人也出於自娛的願望；
它高興看到別人失去了寧靜
建一座地獄來對抗天堂。

——英國詩人布雷克（William Blake）

愛的荒廢中，一切將消解……

世紀末其實並不在世紀之末，
而只在人們的愛的荒廢中。

一八八八年，兩位姓名已隱去的巴黎編劇人發明了「世紀末」（Fin de Siécle）這個詞，以後每一百年，人們就要在頹唐、焦慮、不安、躁切的情愫裡走一趟輪迴。

「世紀末」非關黑白，而是像倫敦霧一般的灰，所有的事務都成了朦朧的影魅，真假難分，喜惡也淆亂了界線。膠狀的泥淖裡，沒有了意義的參考座標，人們也就因此掉進了無邊無涯的惶懼中。世紀末的風格無論是頹廢或急躁，它們最大的公分母就是冷淡，不確定的威脅感讓人都把自身極大化，頹廢是冷淡後對自己的放縱，躁怒則是冷淡之下對他人的鬱恨。世紀末的心情是人在一切都不確定後的自我關閉。艾略特的詩句：「無愛的等待，為的是愛可能錯愛。」世紀末的人或許會像麥可・傑克森那樣把「我愛你」當成口頭禪，但愛卻也就在這種毫無意指、也不溝通的愛的語言氾濫中一點點失去。

無愛的冷淡，最讓人有感的是秀拉的繪畫，一切畫面都彷彿濾掉了代表熱情的花紅葉綠。淡色的空間、呆滯的凝視，連山水都被抽掉了靈氣。同時也讓人想到克林姆的繪畫裡的女人，俗豔裡有淫邪和倦怠。

因此，真正注解著世紀末的，恐怕仍在於有愛或無愛。愛與其說是慾情，毋寧更應說是開放。情人的絮絮叨叨之所以美妙，那是因為裡面有著傾聽和打開。因此，布萊克的句子裡遂說：「一切都給寬恕、憐憫、和平，以及愛。」華茲渥斯的句子裡也說：「我們在愛中生命更壯。」「愛」是個神祕的字，它不象形什麼事物，而只是一個記號，不同的時代用不同的方式來說愛，當人們把愛和憐憫、寬恕、和平並列，或者像奧登把愛說成是「無想天堂的真義」，那就不是世紀末。當說愛的語言將它說成是一種徒勞或只是無意義的慾望，或者把愛扭轉到與恨已沒有差別的時候，縱使時間不在世紀之末，而人的心情也多半進了世紀末的疲倦中。疲倦的慵懶，對無意義的耽溺，世紀末其實並不在世紀之末，而只在人們的愛的荒廢中。

「世紀末」是種疫病，它的病毒種在人對自己的放棄中。可是探頭窗外，天風卻兀自浩蕩，一切的生命也仍在滾動著……

微弱的磁場，散失的體熱……——世紀末愛情四帖

人間一切都可能在成住壞空裡荒蕪，
只有愛情千絲萬縷纏繞不休。

世紀末是個惘惘的威脅。惘惘是晦暗不定的預知，是蒼冥中脫軌星隕的盤旋下墜，暈眩中有些事情正要發生，但知道卻又不知道。時代在惘惘中，我們的情慾也在惘惘中。

第一帖：消失了的愛情

愛情只能存在於不可能之中。不可能的愛情造就了羅密歐和茱麗葉的愛情，也成就了梁山伯和祝英台。愛情的本質有神祕的救贖性，它在不可能裡完成。當漂泊的荷蘭人被詛咒不可能得到愛情，他的漂泊才救贖了愛情。當愛情變成可能，於是，我們反而失去了愛情。

世紀末的此刻，還有什麼愛情？我們已從許許多多解放中走了過來，到了今天赫然發現，一切與愛情有關的事情都已在我們的背後，前面所剩的是純然無物的空白。失去了各種「不可能」的參照物，忽然之間，我們落到了不能定義愛情的暈眩裡。

人們已無法定義愛情。它已變成一種「化學事件」。查尼（Haunie Charney）在《性小說》裡對近代的性文學做了整體的觀照，而後提出一個論旨：性文學的性，由最初的結局，而後逐漸變成過程，而後變為巴洛克式的表演，性也由動作，逐漸變成命令與聲音。在用後即丟的世界裡，愛慾已逐漸成了性饕餮。岡薩雷斯—克魯西（F. Gonzalez-Crussi）在《性事本質論》裡說道：「縱使在新教與工作倫理的環境中長大，愈來愈多美國人已深信一種觀念，那就是性與感情元素不再有關，性裡也沒有煩惱的成分，亦無讓人麻煩的情緒內容；因此，性遂變成強烈瑣屑及可以讓人快樂的活動，就像吃冰淇淋般稀鬆平常。」

人們已愈來愈無法定義愛情與性。以往人們用精神來規範身體，現在的人則要用解放身體來解放精神。當人們用身體來定義愛情，愛情就已不再是「談情說愛」，而成了「做」或「作」的事情。古典的愛情讓人容易憔悴，新興的愛是動作，提供了生活需要的快樂。奧登的詩裡有個句子：「愛，是沒思想的天堂的囈語。」當愛情已被視為囈語，而不再是絮絮叨叨的纏綿；當愛慾的文學作品愈來愈像連動的漫畫，由動作和聲音堆砌或溫熱黏漫的慾望撩撥。什麼是愛情和慾望？它是一句話：「今夜等你來。」

第二帖：惶懼的愛

於是，情人的絮語也就常相在「你愛我有多少」的數量裡作著盤算。它是易得也易失之後的斤斤計較，斤斤計較的原因是大家都在惶懼（panic）之中。

用「惶懼」來形容情愛，乃是「後現代理論」裡可能最寫實的一種描寫。「惶懼」是一種「超過」（hyper）。當愛情和慾望是那麼的易得易失而且變成大量，我們遂恆常的處於惶懼之中，我們惶懼自己不夠性感，惶懼到了大學快畢業還是「在室」之身，每個人都惶懼沒有情人，每年到了情人節就有人惶懼應羞愧得自殺。沒有什麼是質的問題，也沒有什麼還是神祕，一切都被拉平成了量，雖然量仍然是無法計算的謊言，但它至少仍是最後的神話。當情人心不在焉的說：「我愛你，永遠比你愛我多一點。」我們就算度過了那個心裡覺得有危機感的瞬間。「惶懼」是一種形而上的缺欠感，是心裡的無法安妥。我們知道少了一些什麼，但到底那是什麼，我們卻又說不上來。

第三帖：誰是男？誰是女？

十九世紀的世紀末，比利時畫家德維勒（Jean Delville）有一幅《柏拉圖學派》的繪畫，柏拉圖穿著長袍在樹下講學，身旁圍著一群男弟子，他們都是裸身，除了性器之外，無論身體線條、頭髮、姿態、手勢，都全部是女形。正如同十六世紀初達文西所繪的《施洗約翰》，施洗約翰的面容、手姿和蒙娜麗莎幾乎全然相同。在十九世紀末，男體女形的繪畫，德維勒並不是例外，世紀末是個「跨性時代」（trans-sexuality）的時代。

而二十世紀的世紀末，不也同樣是個「跨性時代」？麥可．傑克森是男？是女？是黑？是白？服裝瓦解了性別差異，性論述與性價值的解放和除魅，也使男性認同的優勢地位無存。當性別的巴別塔崩倒，性的種類就如同變亂的語言。誰是男？誰是女？性別、身體、快樂、性的建制，都成了一串倒塌的骨牌。父權數千年的社會，開始出現大地震般變動。從最起碼的性別、姿勢到穿著，人們就已墮入淆亂的不確定之中。人們有了更多手足無措的性的挑唆，也要面對更多難以處理的狀況，性別的基盤開始搖晃，人們已難站穩腳跟。

第四帖：親密和貓的想像

世界從岩石層就已開始變動，「世紀末」本身更是一個變動的符號象徵，也是一種預言和氛圍。於是，惘惘的威脅就更加凝重了。

而這也正是人們弔詭的難局。當一切神話都已不再，「愛情」是騙人的遊戲，性則是化學及皮層的摩擦，如此「輕」的生命，將人飄飄浮起，人們終於察覺到「輕」原來竟然如此的沉重。沉重有兩層意義，第一層是現實，絕大多數人並沒有支持他的飄浮的資產與本領；第二層則是形而上的意義，我們的愛情和慾望真的在輕飄飄的飛起來時，就全部解決了嗎？如果輕是生命的意義，為什麼嬉笑怒罵，充滿了犬儒精神的昆德拉，最後仍然放棄了「輕」？

或許，這才是愛情終究還是不朽的最後原因。奧登的詩再怎麼懷疑，但到了最後，仍然要用大寫的「愛」來替一切總結。當「愛」被大寫，它就變成了祈禱，人間一切都可能在成住壞空裡荒蕪，只有愛情千絲萬縷纏繞不休。愛情不是什麼特別偉大的東西，它可能是個我們終生念著的名字或一種無言的牽掛，縱使死了，臨終前唸著名字時吁出的那一口氣也仍然圍繞難分；愛情是永遠的未了，是一種難說的親密。

由親密就想到了貓。貓是如此防衛的一種動物，牠永遠匍匐警戒，只當溫柔的摩挲著頸下，牠就開始鬆弛，最後倒轉身軀仰臥，將牠本能護衛的肚腹向你袒露。親密是不怕被出賣的相互放心。親密是一種感應。親密是愛情的最初，也是愛情的最後。

而這或許也是不管多少個世紀末，也不管愛情和慾望如何被去掉神話，人們還是不能滿意的原因。一切都在荒瘠之中，但對羅曼史的期待卻與日俱增。人們像祈禱般的在等待那個大寫的LOVE。

且讓記憶長埋心底

當傷害已經造成，
它就永遠無法再被拯救。

當傷害已經造成，它就永遠無法再被拯救。英美文學界裡的兩位詩人泰德．休斯（Ted Hughes, 1930-1998）和希薇亞．普拉絲（Sylvia Plath, 1932-1963）之間的愛恨情仇，就是一則這樣的故事。

普拉絲是近代極少數死後得享大名的詩人之一。她是美國波士頓人，自幼即展現出寫作的才華。大學畢業後獲傅爾布萊特獎學金，到劍橋大學深造。一九五六年邂逅同屬詩人的泰德．休斯，同年結婚，是當時英美文壇的喜事。但這對詩壇佳偶的婚姻延續不到七年即告仳離，幾個星期後，普拉絲即以煤氣自殺，至今已三十五年。

普拉絲逝世後，由於女性主義的抬頭，而成為受難英雄；至於泰德·休斯，由於他於一九八四年成為英國的桂冠詩人，遂更加成了人們惱恨的對象。普拉絲的遺作裡對休斯著墨極多，她寫休斯的強勢父權意象，最後甚至將他譬喻成了吸血鬼。而她自己則是這樁婚姻下的囚徒。普拉絲用她的詩追討著未曾獲得的幸福，而休斯則成了西方版的陳世美，再也無法撇清。他是毀滅一個曠世才女的劊子手，他背負著父權主義的原罪而踽踽獨行。他是當代女性主義文學界的第一號公敵。

休斯已不可能做對任何一件事情。在過去三十五年裡，他活在普拉絲的強大陰影下，不敢對兩人之間那場失敗的婚姻置喙一辭。恨他的人似乎都等待著他的懺悔，然後用他的懺悔再將他重重踩下。休斯曾說過：「我保持緘默，似乎更證實了那種最壞的揣測。我寧願自己被拖往鬥牛場，而後被挑弄、穿刺和激惱，而後嘔吐出我和普拉絲生活中的每個點點滴滴。」

到了現在，休斯終於結束了他長達三十五年的緘默，出版《生日信札》，用八十八首詩談兩人從邂逅、結婚到仳離的過程。其中有一些溫柔的詩篇，但更多的則是接近辯護式的聯想與說明。詩集一出版，就變成各種新仇舊恨重燃的話題。休斯做了一件完全沒有必要的事。他的《生日信札》並不可能彌補那早已造成的傷害與悲劇。美國詩人佛洛斯特（Robert Frost）說過：「我寫作，讓過分的好奇遠離我心裡為自己保留的祕密處所。」休斯的詩或許讓某些好奇的人又多了一次偷窺的機會，但兩人感情的異變祕密，終究只在兩人自己的心底。當普拉絲自殺的那一剎那，休斯的命運就已注定。我細細讀著《生日信札》裡的那些詩句，只為休斯覺得莫名的悲哀與傷感！

愛是最殘忍的布施？

在這個愛情、親密、性愛等
業已愈來愈荒蕪的時代，
荒蕪造就了更多性的饕客。

愛情只想滿足它自己
束縛人也出於自娛的願望；
它高興看到別人失去了寧靜
建一座地獄來對抗天堂。
——英國詩人布萊克（William Blake）

或許，將來的人，會以這樣的方式來記得邵萱：

邵萱，本名邵莉美，台北人氏，家開餃子店。自幼美豔而耽於幻想，從影後以脫露起家，人稱「水餃西施」。其人傻呆，動輒全身全心的投入想像的愛情之中，但每當她想要更多的溫柔時，所有的男友均一律落跑。她是現代的「致命女郎」（femme fatale），她「易於供應」（available），但情人男友卻無人要和她「死會」（fix），因而當時的報紙說，每當情人落跑，她就一把鼻涕一把眼淚的撞牆。由於感情世界起伏顛倒，她更急著將那並非愛情的愛情對外宣露，她是挫敗的女情聖，最後因吸安而退出影壇，不知所終。邵萱追尋那不存在的天堂，最後卻為自己造了一座地獄。

因此，邵萱的故事乃是一則愛情疫病。她一不小心，就走上了香水的命運。伊莉莎白．泰勒說過：「美女是男人最好的香水。」邵萱耽於自己成為香水，並認為香水就是愛情，但當她索求愛情時，才憬然發現一切原來只不過是香水的遊戲，男子用她來妝點自己罩得住美女的權力虛榮，香水是可以替換的品牌，而品牌只是物件，並非愛情。

而這種愛情疫病，就不由得使人想到一種被稱為「共賴型」（codependent）的女子。喬迪．海耶斯（Jody Hayes）這樣說道：「共賴型尋求每一個她接觸到的人的認可，她不只圍繞著一個人來建造她的生活，她可能繞著許多金聖牛而像女祭司般的起舞，例如包括她的父母、手帕交、她的老闆、超級市場的店員，再加上她的情人。她為了別人的需要而活。」接著，紀登斯（Anthony Giddens）將其作了這樣的引伸：「一個共賴型的人，為了維繫某種本體上的安全感，因而需要其他人或許多其他人來定義他的需要。她或他如果不努力滿足別人的需要，就會覺得沒有信心。共賴型的人，其活動受到某種強迫性所左右。」共賴型的女子是世俗現代的觀音，一不小心就變成了肉身普渡。

而這其實也正是現代「拈花惹草人——共賴型女子」（womaniser-codependence）奇異配對的源起。古代的確有過許多情聖，在那個少女貞操信念嚴格，婦道閨閫謹慎的時代，情聖乃是偉大的誘拐者，他們必須竭盡智力穿越各種防線，必須不留下負面痕跡，因而後人遂說情聖乃是「他愛過許多女人，但只打碎很少的心。」然而，在這個舊的性道德日益瓦解，女子易得、保險套滿街的時代，沒有了誘拐，也就失去了情聖，剩下的就只是處處可見的「拈花惹草人」。這種新時代的「拈花惹草人」撿食花草，他們具有某種浪漫之愛的表演能力，而實質上則是「性的拜物教」裡的徒眾。「拈花惹草人」是一種愛女人但同時也離開女人的人，但事實上他們卻又離不開女人，因而每次離開只不過是另一次邂逅的前奏。在這個愛情、親密、性愛等業已愈來愈荒蕪的時代，荒蕪造就了更多性的饕客，而荒蕪的愛情也準備了許多「共賴型的女子」。「共賴型的女子」裡有著某種自虐的成分。

這就是「共賴型女子」的性與愛情：她們總是耽溺在那種不可能的浪漫愛情憧憬裡，憧憬甚至到了一種無意識的程度，以情人的愛慾為自己的愛慾。這種女子的一生中注定充滿著災難式的羅曼史，甚至長期痛苦的與某種程度虐待她的男子們糾纏。紀登斯對她們的性與愛情有這樣一段令人毛骨悚然的描寫：

——「共賴型的女子是照顧者，她們必須以別人為對象，然而，局部或完全的，在無意識層次，她們也預知到自己的一切努力都屬徒然。這是何等悲痛的嘲諷！共賴型的女子又非常可能和專坑女人的人捲在一起，她準備甚至焦慮的要去拯救他們。」

因此，這是一種彷彿吸食毒品般的耽溺。於是就讓人想到另外一個極端的故事，主角是美國明尼亞波利斯市的格莉（Gerri）。

格莉是個學校的教學助理。她的父母都酗酒，早年她曾被父親猥褻。這段經驗使她學到一種奇怪的經驗，那就是必須順從乖巧，這樣弟妹和她自己才不會有更大更多的其他麻煩。她的自我認同猶未出發，即已被切斷了幼苗，於是，一切依從他人，在別人身上追求自己完成的生命之旅遂告開始。她到處尋找男人，又很快的肉身布施。後來她說道：「性是獲取權力的一種方法，我知道的唯一方法。」她的行為與毒品上癮相同，追求那一剎那的「爽」（high），然而當她無法解除由於自我失控而產生的緊張，再多外在的男子也無助於這種緊張的釋放。後來診斷她的醫師就說道：她變成了一個性的耽溺者，而這是一種男子性征服價值的內化，問題在於，無論是社會或心理上的原因，她也就陷入一種策略的困境裡，她在性上意圖顯示吸引力和權力，但她的內心則期待溫柔與撫慰，而這兩者無法並存在她的行為模式中。她和她的情人，彼此都是對方的「非人的伴侶」（inhuman partner），再多的情史也無法填滿她的蒼白和虛空，她只不過是在為自己的地獄堆砌磚頭。

而這種地獄般的處境，在演藝圈似乎更為艱難了。演藝圈的女子無論東方或西方，無論工作場所（遊藝場所經常與妓院鄰近）、工作時間、工作性質（女性都以美麗和性聯想為特性），都經常與娼妓相連，而現實社會的金錢與其他權力，也的確一度使得「女戲子」和「娼妓」同義。這樣的傳統和習慣，遂使得近代女演員恆常處於「被貶抑為可慾之物」和「爭取職業高貴尊嚴」的奮鬥過程中。「經驗造成隱喻，隱喻形成經驗。」人們根據過去的經驗為女演員造像，女演員則必須抵抗這種預期。法國小說作者居爾蒂斯（Jean-Louis Curtis）寫過一部小說《變色龍》，一個老闆像對待童年時候一隻寵物小山羌一樣，包養了一個女影星，他待之如物，最後是女影星覺悟自己這種變成物體的命運，因而急忙逃離這種病態關係。她說：「你把我的生活變成了地獄，我在你的身邊糟蹋了青春。在一個病人身邊無法生活下去。」

小說《變色龍》所形容的只不過是最普通的情況，更多的例子是藉著種種的論述和隱喻將女性賦予另外的意義。例如直到今日，西方仍認為「金髮美女，奶大頭小」。魯賓（Gayle Rubin）就這樣說道：「西方的文化中均將女演員神祕化，但卻是站在奇怪的角度上，使她們成為莫須有的箭靶，發自錯誤的熱情，並高度的符號性。」他所謂的「錯誤的熱情」，指的乃是意圖將女演員拖曳下來的一種力量。女演員是女性最大可能性的一種角色扮演，她們是婦女最早即脫離家庭豢養的一群，以才色替婦女的獨立自主擔當先鋒，而所有的先鋒都必然和最精銳的對方正式遭遇。她們會被金錢包養，會淪為政要衣襟上的裝飾花朵，會被俊男衛隊所包圍。那麼大的陷人坑，再回首就已是百年身。

當代美國女性主義詩人妮基・喬瓦尼曾經寫過這樣的詩句：

她竭力想變成一本書
但他卻不願閱讀。
她將自己變成了一塊球莖
但他卻不願讓她生長。

邵萱和格莉的故事，其實也就是書的故事，她們都有美麗的包裝，也耽於自己的美麗，但卻也因此而少了肯誠心翻看的讀者，而她們自己也忘了繼續去填寫更多生命的內容。書的價值在於內容，只有內容才可相看不厭。書不要別人收藏，需要貼心者燈下的相互閱讀。

因此，談什麼情史，恐怕都只會讓落跑的更加落跑，更坐實了「致命的女郎」的悲哀。當人失去了自己，就不可能從別人那裡找回。在愛情中不能，在性裡更加不能。斯洛維尼的學者斯拉沃熱．齊澤克（Slavoj Žižek）說愛情說得最實惠但也最難聽：「第一個要避免的陷阱，就是在所謂的溫情之愛中將女人說成是昇華對象的錯誤觀念。」他指出女人不領導男子，也不要去相信什麼但丁和貝德麗采的故事。在愛情中將女人理想化，或許會有朦朧的詩情，但卻也抽空了女子一切實質的內容，讓女人變成非人的伴侶。女人的愛情要在她自己的具體德性、智慧、見識，以及能力中去尋找。這些才可以讓女人「可」愛。「可愛」這個字必須重寫，「可」要標上更大的字體。「可」才能讓每個人解救自己。

不必為情人落跑而擔心，或許那跑掉的反而是一座囚心的地獄吧！

打不是情，它摧毀了愛

被理想化的愛情讓我們看不見它的傷害，
也不會去閃避傷害。

愛情不只是溫柔的邂逅和浪漫的歡愉，更多的則是焦灼、嫉妒、倦怠、拒絕、背叛，以及互相的辜負。愛情是枚旋轉的錢幣，一不小心，就到了它的反面。因此，愛情不是莎士比亞在好幾齣喜劇裡所說的「快樂的戰爭」，也不是王子公主童話裡「從此以後，他們過著幸福美滿生活」的結局。法國的沙特在說到愛情時，將兩個當事人要把對方變成自己祭壇的供物看成是一種本質。於是，許多傷害遂在愛情的假面下進行。

愛情假面下的傷害，老牌天后級歌手蒂娜・透娜最讓人慘惻難平。情人丈夫將自己的支配心和挫折感施加於她的身上，動輒毆辱，而後又鼻涕眼淚的懺悔。這一邊是「毆辱——懺悔」，她則是「忍受——原諒」。這是個錯誤的循環圈，最後是她拚了性命才逃出這個噩夢。聽了她的最有名的那首〈與愛何干〉，才真正體會到愛情的假面下隱藏著太多與愛無關的事務。

蒂娜・透娜的經驗是標準的「被毆女子症候群」。她們相信有一種叫做「包容的愛」的東西，因而打從兩性接觸開始，她們就放棄了自己，並以自我的放棄誘發並鼓勵著對方的暴力，而當對方一把鼻涕一把眼淚要求寬恕時，她們的「包容的愛」遂昇華為一種救贖的意願。她們以為自己是救贖著暴力情人，卻不知道反而因此毀滅了一切。邪痞與暴力會躲藏在女性追求完美的愛情外衣下。

因此，一名青春年華女子被她的暴力情人打到重傷致死。這並非特例，而是愛情暴力普遍性的一種類型。當我們還是孩童時，就從童話裡學到愛情的美好；又在古今羅曼史裡憧憬著偉大的愛情傳奇。被理想化的愛情讓我們看不見它的傷害，也不會去閃避傷害。

情人的關係，奧地利畫家及詩人柯克西卡（Oskar Kokoschka, 1886-1980）可能作了最好的譬喻。他形容這是一種讓人徹夜難安的「暴風雨」，「這乃是我們必須保持警醒的生命意義，而非可以大而化之的瑣碎內容」。

因此，愛情應當是讓人勞累的事。當我們介意某個愛情，就必須勞累的予以迴護，防止倦怠，阻止傷害。當理想中愛情變得廉價，毆打也會變得廉價。這種勞累的愛情，或許才是「人們在愛情中衰老」以及「天若有情天亦老」的真義！

守候愛情的凱魯比諾

愛情的起源是自戀，
而後在自戀中打開生命的窗子。

莫札特的歌劇《費加洛的婚禮》裡，有個少年僮僕凱魯比諾（Cherubino）。他情竇初開，洋溢著自己也不明白的慾望柔情，但他對愛情又完全的懵然無知，在整齣愛情諷刺喜劇裡，遂變成串場的喜鬧角色。凱魯比諾代表了人們對愛情所做的蒙昧但又笨拙的摸索。

法國當代女性思想家克莉絲蒂娃（Julia Kristeva）說道：世紀末的此刻，由於愛情早已荒廢，只剩下漫無所依且四處流竄的浪漫想像，因而現在幾乎每個人都成了凱魯比諾，要在愛情已荒廢的時代來「重新發明愛情」。她並指出，現在的每個人彷彿都像是個「外太空人降臨在陌生的地球上，飢渴的尋找著愛情」。

用「重新發明愛情」來說現在人們的心靈處境，真是再貼切不過了。近代的人際關係早已發生巨變，其中最大的變化即是性別間不再有任何的神祕，於是愛情與性的非崇高化遂成了一種新的難局。當愛情不再神祕，一切的愛情也就勢不可免的成為精打細算的操縱遊戲。人們不再相信人際關係的持久性，而彷彿像刺蝟般，無論太近或太遠都覺得不對勁。刺蝟般的愛情使得它遠離親密而更像是戰爭。古代那漫長但又充滿滋味的愛情過程早已消失。當愛情與性更加唾手可得，它的折舊與翻臉也就更加快速。愛情愈來愈像是商品的週期，也更加像吃興奮劑一樣在亢奮和低潮間震盪。

這就是愛情難局之所在，它使許多人將愛情與性分開，也讓許多人愈來愈逃避感情。當身體的接觸已不再是愛情的憑證，愛情的立腳點遂更加脆弱可疑。現在的世界上已難想像偉大的戀情，反倒常見各種愛情上的怨偶與悍夫悍婦不斷出現。愛情有時候竟然會變成「致命的吸引力」！

因此，今日的愛情已漸漸失掉了它的位置。當古老愛情的神話瓦解，愛情世界上的善男信女就注定要在愛情戰爭裡擔驚受怕。愛情的起源是自戀，而後在自戀中打開生命的窗子；而今日的愛情則是人在自戀裡將自己關閉，並讓愛情遊戲更像是座叢林。情慾奔騰而愛情寂寥，現代的凱魯比諾都蒙昧而又笨拙的重新在那裡張望摸索。

失掉位置的愛情必須被「重新發明」，必須藉著不斷的驚喜和共感來維繫它易滅的燭焰。在這個愛情被急切渴望的時代，但願愛情真的能帶給人平安，而非怨懟與騷亂。

被教唆的慾望——從《麥迪遜之橋》到《失樂園》

人過中年，感情生活大概只剩下回憶，
而沒有東西可以在私密裡回憶，
遂成了難堪的留白。

兩位美國女學者霍蘭德（Dorothy C. Holland）及艾森哈特（Margaret A. Eisenhart）曾寫過一本小書《被羅曼史教育》。這本研究美國大專女生校園感情生活的書裡，指出了一個不但在美國極為普遍，甚至在全世界也都同樣的現象。

那就是，當女生進入大專，她們就被蔚為傳統的「羅曼史文化」包圍，因而將大專生活的重點放在找好郎君上。這種「羅曼史文化」，不但成了文化，甚至還變成壓力，使得女生花費大量時間打扮自己和尋找男友。身旁有一個能夠出雙入對的男友是成就的象徵，孤家寡人遂變成羞辱的標誌。女生在大專時代成績不如男生，以及對生涯規劃缺乏動力，都可追溯到「羅曼史文化」上。它製造著女生的慾望和認同。

人的慾望有兩種，一種是生物性的慾望，另一種則是被文化制約和教唆的慾望。校園內的「羅曼史文化」即屬於後一種，它沒有規定人們應當做什麼，但大家卻會自動的服從。這就是文化的力量，它是一種不假思索的習慣，一種獨特的流行。而這種教唆產生的慾望，目前氣候最盛的，則是由《麥迪遜之橋》和《失樂園》所勾引出的婚外情事。

有好幾位朋友說到《麥迪遜之橋》所造成的效應。這部情節簡單的電影，在「後中年」的男女間引發了極大的迴響，許多人甚至還一把鼻涕、一把眼淚的看了許多回。對許多過了中年、但感情卻沒有任何惘然惆悵回憶的人，他（她）們對那個電影的劇中人，多多少少都難免有點移情式的豔羨。人過中年，感情生活大概只剩下回憶，而沒有東西可以在私密裡回憶，遂成了難堪的留白。《麥迪遜之橋》裡的小小脫軌和背叛，它隱密但安全，卻讓人暗地裡追懷。它沒有創造出偉大的愛情，卻創造出偉大的回憶。

而到了現在，又有了更進一步的《失樂園》。它已不再只是讓不可能的情愛成為回憶，更要讓它成為耽溺。日本的性文學及春畫冠絕全球，唯美式的性耽溺描寫早已蔚為傳統。日本俗語稱禁忌之愛為「地獄之戀」，隱喻著這種情慾由於地獄式的享樂而更具張力。「地獄之戀」的官能性和歐美許多有奇特性癖的人，一定要讓自己用塑膠袋蒙住頭部，在窒息或半死邊緣始能達到性狂歡頂點如出一轍。

從《麥迪遜之橋》到《失樂園》，它們都在教唆著人們的新慾望。現在已到了另一個時代，人們已不再會定義自己，因此，人的價值遂剩下唯一的實體，那就是「情慾」。教唆情慾的文化現象裡，所縮影的其實也就是情慾世界本身！

愛情的恐怖主義來臨了

失敗與背叛的愛情是破碎的小屋，
是攜帶死亡訊息的冷風，它將一切都剝落，
而後暴露在別人的嘲笑和自嘲之下。

愛情有兩個世界。一個不容許背叛，一個無所謂背叛或不背叛。

普通人的愛情世界不容許背叛。這是個「我愛你，因為你愛我」和「你愛我，因為我愛你」的世界。由於愛情變成了對等的許諾，它也就沒有預留背叛可以藏身的處所。縱使還是發生了背叛，它也只能躲在感情的縫隙裡，成為祕密的回憶和悼念。

但另外一個愛情世界則不然。它由豪放男女所組成。這個世界已沒有愛情的神祕，性的自由則如流水般漂動，因而一切都變成了慾望的饕餮和祭典。豪放男女在此蒐集別人，也甘心情願的被蒐集。它的一切都不確定，也無須確定。八〇年代的《花花公子》、《閣樓》和《柯夢波丹》等雜誌企圖營造的情慾烏托邦即是它的理想樂園。這些雜誌每期都在指導人們如何尋求一夕或數夕之歡；如何讓自己身體的每個部位都能散發出挑逗欲慾的訊息。這個世界的善男信女誰也不必向誰負責。它無須忠誠和許諾，當然也就無所謂背叛或不背叛。背叛是許諾的反面，當正面不存在，反面也就不可能。

這兩個愛情世界組成一個愛情共和國。前者的國民是凡夫俗子，而後者的國民則是那些稀有的人種：他們永遠有錢有權和有名，縱使到了垂暮之年，也永遠全在「錢」「權」「名」這些愛情春藥下惹得蝶飛蜂狂。凡夫俗子誤闖禁區，進入這個國度，注定得不到許諾。短暫的豪放所獲，都會在最後全部失去。

因此，豪放及不豪放是兩個不同的世界，當兩個世界交切，就會迸跳出鬧劇或悲劇，而今天台灣所一再演出的，不就是這種戲碼！有些人缺乏自知，不是豪放人卻假作豪放戲。想要在豪放世界尋找許諾和保證。他們選錯了戲台，遂演出一幕幕荒誕鬧劇和殘酷悲劇。而有些豪放人看走眼，誤認別人也和他們一樣豪放，因而惹火上身，他們不知道他們根本無所謂的背叛，在這個愛情恐怖主義大盛的時代，早已成了「致命的吸引力」。

愛情的遊戲在世紀末的此刻已日益艱難。英國詩人雪萊說過，愛情中最難的乃是它的失敗和背叛。失敗與背叛的愛情是破碎的小屋，是攜帶死亡訊息的冷風，它將一切都剝落，而後暴露在別人的嘲笑和自嘲之下。那是一種愈看自己愈像白痴的感覺。它使人憤怒、抓狂、自毀，甚至毀人。任何人不想有這樣的感覺，就是凡夫俗子。既屬凡夫俗子，那就老實一點去找凡夫俗子的愛情吧！

男與女的錯位

用別人來證明自己，
經常會變成一種畸形的耽溺。

以前，無聊男子喜歡看女子的脫衣舞，而今一部英國電影《一路到底：脫線舞男》把這種事反了過來。幾個失業男子下海的鬧劇，其實是有另一種深意的。難怪該片導演卡丹尼奧說道：「當你重想一下裡面的笑話，它們就不再那麼可笑了。因此，我不知道這是不是一部鬧劇。」

以前的舞廳是舞女陪舞，而今天的地下舞廳則是一群舞男待價而沽。這些舞男是否兼當牛郎？他們是不是可以算自甘墮落？而那些女客是不是心態異常？這些問題顯然都非重點，真正的重點是：男子也是可以去當舞男的。

以前，有一個自命前衛、其實卻很下流的名作家亨利．米勒（Henry Miller），寫了一堆黃色小說，屬於極端男性沙文的那一種。他會這樣的描寫女體：「她的×緊淫濕，像手套一樣適合我的×。」但一九七三年有個女作家艾瑞卡．瓊（Erica Jong）卻寫了一本非常反向的小說，也有諸如這樣的句子：「我愛上班尼，一部分原因是他有兩片我嘗過的最乾淨的屁股蛋。」女性主義理論家的解釋是：這是一種顛覆的樂趣，以前是男人定義女體，而現在則是女人也要定義男體。

無論舞女或舞男，大概都和絕大多數人無關。但脫衣舞男、應召舞男，以及女子寫的黃色小說，這些浮在社會上的小冰山，卻都是有意義的現象，那就是男與女的錯位正在形成並展開。社會的改變經常會在最扭曲但卻最搶眼的地方被表面化。「春江水暖鴨先知」，不是每隻鴨子都同時知道春天的水已經變暖，而是那幾隻不太聽話，有冒險性的鴨子，偷偷溜出鴨寮玩耍後才發現並呱呱傳開的。

男與女正在錯位，當然也就會有價值上的錯位和迷亂。以前男人看女人，看得口水直流，而今女看男，看得嘻嘻哈哈，這種「被看的滋味」，當然會使得有些人高興，有些人傷感。認為舞男墮落，召舞男的女子都是有錢但不幸福的報復式女性，大概就是這種感傷的反映。舞男對女客而言，更準確的關係應當視為一種「成年禮」，女客藉舞男來證明自己，正如同以前的男客藉舞女來證明自己一樣。儘管我們對這種要用別人來證明自己的「成年禮」一點都不喜歡。用別人來證明自己，經常會變成一種畸形的耽溺。正如同以前有金盡人去的火山孝子，誰知以後不會有賠了夫人又折兵的火山孝女？

世紀末的迷亂，男與女的錯位和混沌。它可能會在錯位中讓男女更加平等，但也可能在迷亂中使男女共同沉淪，而答案誰知道呢？

白雪皇后的鏡子

雖然白雪皇后對世界的美麗作了許諾，
但童話裡照出美麗的那面鏡子，
人們看到的卻是醜陋。

所有的公主王子童話，都以「從此以後，他們過著幸福美滿的日子」作為結束。在孩提時代，這些童話看多了，每當讀到「從此以後」，就知道故事已經結束，一切的美好都從這裡開始。

這就是公主王子童話的貢獻，它讓「從此以後」變成幸福的咒語和代碼。我們在崇拜公主王子的童話時，一併崇拜著「從此以後」。「從此以後」是個定格的畫面，也是「從此沒有以後」的時間凍結。它讓一顆顆愚騃的心靈有著小小的寄託和嚮往。

白雪公主後來變成了白雪皇后。當代美國首要女詩人里奇（Adrienne Rich）寫過一首〈白雪皇后〉。詩中說到，雖然白雪皇后對世界的美麗作了許諾，但童話裡照出美麗的那面鏡子，人們看到的卻是醜陋。里奇寫著：

在我出生的欺騙國度
我看到是變成不是，聖人墮落
他們莊嚴的臉孔扭折出笑容；
耀眼星辰走向淫邪，而村落
則汩汩湧出爛泥和癩蝦蟆
所有奇蹟吻合著難測的這個時代。

熱愛一張人的臉是要去發現
它粉彩間的裂縫和眼瞼上的遮掩；
而不再相信肉體的衝動

和它撒布到我們房間地板上的碎屑，
而在窗前則隱約有兩個乾癟老太婆
她們一度曾是茱麗葉和潔西卡。

里奇的這兩段詩句，多少有點尖刻，但在尖刻裡也不無自省；公主王子的童話早已不再，所有耀眼的明星也都顯露出它的淫猥。流動的時間裡沒有定格的幸福。〈白雪皇后〉以這樣的決意作結：

白雪皇后以巨大冷冷的意志
對我命令，而她的臉卻失去了力量
溶解成了它的反面。
而在我的胸臆間則有了堅硬如鑽的
一根尖刺，它深深植入；我知道
只有這冷凝的尖觸帶著我繼續前走。

虛構的公主王子童話在凋謝，而模擬加工而製造出來的賈桂琳和黛安娜，也都摔落成了碎片。沒有了童話，意味著沒有「從此以後」可以守候。人還是要回頭過自己那種天天要過的生活。童話瓦解，白雪公主裡的那面鏡子已破，它的碎片在我們眼睛裡，會使人有點疼痛；但沒有了專門照出虛像的鏡子，或許反而讓人看得更清楚吧！

漂亮也是一種恐怖？

金髮美女早已是西方文學及文化裡的重要性別歧視符號。

一八六八年，一名金髮、美麗且犀利多才的歌舞女藝人莉迪亞・湯普森（Lydia Thompson），率領著四名金髮歌舞演員，從英國遠征北美。這一群金髮美女以她們獨特的諷刺歌舞劇（burlesque）風靡了全美。

莉迪亞・湯普森並非尋常的「走江湖藝人」。她出身英國富裕家庭，自幼嗜舞，拜在當時英國最著名的舞蹈教師門下習藝，而後又留學義大利深造。藝成返英，有次觀看有「歐洲最佳歌舞團」之稱的一個西班牙歌舞團表演，自認才具不下於對方，於是自組歌舞團。她的歌舞團曾以三年時間遍歷歐洲及俄羅斯，盛況空前。赫爾辛基為了歡迎她，不但沿路鋪滿鮮花，而且整城點燃火炬。在俄國，則有一名貴族軍官崇拜者為她自殺。她的歌舞團是那個時代的傳奇。

挾帶著這種傳奇的威力，莉迪亞・湯普森這一群金髮美女到了美國。她們的諷刺歌舞劇是獨特的：（一）她們的歌舞都屬於當時歐洲的正統，有專業性與娛樂價值。（二）這一群美麗的金髮才女，她們的歌舞固然以娛樂為主，然而，無論在劇目的選擇、編劇，甚至對白或唱答，都極富現實性，例如，她們會在劇中諷刺那時候上流社會的一些虛偽面目。（三）她們的歌舞劇經常女性反串男角，大違當時上流社會清教主義對女性角色之定義。

因此，就社會和文化的構造而言，莉迪亞・湯普森的歌舞團，代表了前衛婦女對行為新邊界的探索，女性已不甘於以往那種約定俗成的角色，她們也像男子一樣對現世社會有話要說，一樣想要諷刺某些事務；她們也想換上長短褲，像男子一樣走向更開闊的生活世界。不過，莉迪亞・湯普森歌舞團的這種文化含意，對美國的上流支配階級卻是重大的危險信號。當時的美國文學及文化教父霍威爾斯（William Dean Howells, 1837-1920）即論說，這些金髮美女所展現的乃是一種「恐怖的美麗」（horrible prettiness），他擔心這些美女的行為模式將使美國的女店員和女工被帶壞，失去她們被期望和應當扮演的角色。

因此，莉迪亞・湯普森歌舞團征服了美國，一般觀眾被這群金髮美女所顛倒，由於他們不是支配者，因此對女藝人的演出也不以為忤，反而能欣賞舞台上的各種諷刺。但對統治階級而言，這些金髮美女卻是「難罩的女人」（unruly women），於是，一種獨特的操控與轉化遂告出現：那就是透過舞台經理和歌舞團經紀，將諷刺歌舞劇裡的尖刺內容抽離，而歌舞女藝人長得漂亮這種與性有關的部分則被補強。於是，原來尚具有一定時代內容的諷刺歌舞劇，漸漸往踢踏舞、大腿舞等方向轉化，用以滿足男性工人階級的娛樂需要；上個世紀後半葉以迄本世紀二、三〇年代，女性歌舞藝人遂淪為展露身體的低等演員。經由這樣的轉化，漂亮的金髮女藝人也就由難以駕馭，而被重塑為「笨金髮女郎」（dumb blonde）：她們受到機制的制約，以美麗和身體換取生活，她們被獵豔者所喜愛和誘引，卻又被鄙夷為「笨」、「釣凱子專家」（bimbo）等等。在這樣的文化機制下，女人長得不漂亮固然難混，但金髮美女一樣也好不到哪裡去。一九八四年，熱門女歌手茱莉・布朗（Julie Brown）有一首〈金髮美女之歌〉（Cause I'm a Blonde），就有這樣的句子：

我是金髮美女，我不需思想
我談話白痴如嬰兒，永遠穿得漂漂亮亮。

金髮美女必「笨」，必是「釣凱子專家」，而大人物被釣者必無善果，因此金髮美女也是「殺手金髮美女」（killer blonde）。金髮美女早已是西方文學及文化裡的重要性別歧視符號。漂亮是金髮美女的原罪，而這不正是女性長得不漂亮固然不對，但長得漂亮也同樣不妙的果境麼！

林清玄現象與後現代

在這個時代裡，「慾望」、「消費」、「資訊」這三者已沖決昔日價值的隄防，「表演」與「策略」則成為生存的最後邏輯。

「林清玄現象」出現兩種完全不同的解釋。

第一種，認為以佛法道理寫作的人，理應人如其文，文如其人。否則佛法云乎哉？婚姻之義云乎哉？

另一種，則認為作者也是凡人，「下得台來，也有七情六慾」，他的婚姻緣起緣滅，外人自難苛求。因此，讀者要將作者的人與文分開。

兩種解釋觀點，具體而微的顯示出了兩種不同的價值，第一種是「現代」，第二種是「後現代」。

「現代」的人，相信的是諸如「理性」、「實體」、「整體」、「救贖」等價值。宗教對他們而言，既是信念，也是實踐。希望藉著宗教而使自己更加完善。這個時代的宗教是一種「內在的」事務。

而「後現代」則不然。在這個時代裡，「慾望」、「消費」、「資訊」這三者已沖決昔日價值的隄防，「表演」與「策略」則成為生存的最後邏輯。宗教不必然再是一種「內在的實踐」，而多半變成一種「精神的消費」，或者用以妝點品味，或者用來粉飾格調，這是宗教的「外在化消費」，它逐漸臣服於消費品的廣告邏輯，宗教成為一種表演與行銷策略，藉著造作誇張，近乎劇場的宗教表演，來撫慰宗教外在化之後孤寂的眾生心靈。

這種宗教的表演，電視福音教派是最搶眼的例證。八〇年代的美國，諸如詹姆士、貝克等新教主出現，他們以宏大的表演取勝，建立起了億萬資產的王國，但不旋踵，幾乎每個新教主都因性的問題而從寶座上跌落塵埃。他們只是在販賣宗教，而信眾則不能忍受具有神聖性或擬神聖性的宗教成為另一種商品。

因此，在這個「現代」與「後現代」之間的時刻，我們對宗教和宗教寫作也就產生了疑惑。偉大的宗教家早已不再，我們已找不到德行圓滿的高僧居士，這時候，我們繼續用以往的標準看待佛法寫作者或其他新教主，這是不是不可能的鄉愁？既然如此，我們是否可以更加看透，佛教寫作乃是某些人的職業，我們也就不必將他原本未曾想背的包袱強加於他的身上？過高的期望始有憤怒的失望，這到底是讀者錯了？或是作者錯了？

「後現代」的宗教愈來愈難求表裡一致。美國的詹姆士、貝克牧師一邊宣揚基督之道，另一邊則性醜聞不斷。宋七力則以炫耀的宗教表演獲得大量供奉，而後在酒家舞廳成為豪客。配對著這些大型的言行不一，「林清玄現象」已算是很輕微的了。既然輕微，憫恕可也。因為，現在畢竟是「後現代」啊！

編註：林清玄，曾連續十年被評為台灣食大暢銷書作家，但在多年前爆發婚變後，人氣大不如前，目前主要在大陸發展。

情人節謀殺案！

情人節的寂寞是最大的寂寞，
它代表了不被人愛的失敗。

以前大家都不過情人節，這天只不過是個平常的日子，和任何一天沒什麼兩樣。

而今人人都過情人節，這一天就變成了煎熬的慾望。而天可憐見，這種煎熬一年不止一天，而是兩天：二月的西洋華倫泰情人節，和農曆七夕。每當情人節過後，我總喜歡在社會新聞版尋找它留下的痕跡，有人因為沒收到花束而悲憤到割腕；有些情侶因為未到高檔餐廳享用情人餐而發生有沒有誠意的口角，最後打架打到派出所。未曾實現的情人節慾望裡，最悲慘的是高雄鳥松鄉的悲慘命案：一個年輕工人在情人節約不到女伴，鬱卒得狂酒買醉，最後在迷亂中犯下強暴殺人的重案。情人節已漸漸有了血色的風采。

情人節已不再是一個日子，而變成一種慾望。當情人節被電視報紙的報導及廣告塑造成一個記號，記號就點燃起了慾望。而情人節的慾望總是那樣的殘酷，這一天如果未曾收到花束或安排好情人之約，就會讓人有被全世界遺棄的感覺。情人節的寂寞是最大的寂寞，它代表了不被人愛的失敗。情人節在創造著符號性的浪漫之時，也製造著浪漫反面的焦慮和悲哀。許多普通時候活得快快樂樂的人，到了這一天就忽然變得陰陽怪氣起來。情人節是一種慾望，慾望裡藏著對自己的懷疑，必須靠著某些情人節的儀式如花束或情人餐等來自我肯定。為了這些消費性的儀式，人們在這一天將自己弄得心神焦灼無比。

情人節的慾望和焦灼，對於我這種老大不小的人也未曾放過。每到情人節，心裡就彷彿有螞蟻在輕輕咬著那樣坐立不安。在這個「情人」的價值已被整個記號的氣氛推向最高點的日子裡，無人可送花束，或者沒有情人在燭光下共進晚餐，簡直已成了挫敗。情人節被喚起的慾望裡帶著越軌的貪婪和粉紅。情人節是細巧但邪惡的尖牙，磨蹭著整天都讓人像被慢火炙烤著那樣焦慮難耐。

然而，經過情人節的煎熬，第二天起來卻彷彿高燒退了之後那樣清朗。情人節像瘟疫般的已成過去，所有與它有關的廣告和各種記號都已消失，壓力也跟著完全不見。而大家又開始繼續一如往常的日子。情人節的瘟疫，打敗的是像烏松鄉那個家具廠工人之類的弱者。他們不知道，由各種記號和氣氛堆砌出來的情人節，畢竟是個虛體，一咬牙也就過了。

再見，情人節！

針眼下的瞥伯

偷窺是公然窺視的變態折射，
是性壓抑文化被公開窺視引誘出來的一種異形。

好多好多年以前，台灣的警察喜歡查旅館，情侶幽會常會因為運氣不好而被拖到警察局。另外，則是少年隊的男警總是盯著男生的頭髮，女警們則端詳著少女的短裙。

曾經有一次，一位目前早已享譽各方的教授作家怒氣攻心的打電話給我，要求在報紙上幫他主持公道。原因是當時仍年輕的他，到西門町看電影，一頭長髮被警察看中，當街就被剪成狗啃的癩痢頭。縱使他聲稱自己是大學教師也沒有用。

由警察查旅館和頭髮裙子，就讓人想到一九三〇及四〇年代美國海灘的泳衣追逐戰。那時候的女子泳衣已逐漸醞釀改變，帶褶裙的泳衣愈來愈短，驚察拿著尺子在海灘上追逐著穿短裙泳衣的少女，狼狽爆笑的場面不斷。

這些行為，就是所謂的「監控身體」（policing body）。自從現代國家出現後，國家公權力對身體的監控即不斷增加，並在上個世紀末時達到頂峰。國家可以用道德教化、衛生健康、社會安寧等一切的理由隨時介入與身體有關的事務。查房間、查頭髮、查裙子、取締奇裝異服，都是「監控身體」的一部分。

對身體的監控，是公權力的一種公然窺視。這種對身體的壓迫，勾引出了一種變態的權力慾，那就是在日本和台灣特盛的「偷窺文化」。許多人還在念小學，就懂得在鞋子上綁個小鏡子，用來偷看女老師和女同學的內褲顏色。到了照相機和手提錄影機盛行的時代，記錄式的偷窺更加猖獗，到了最後則是「針眼」式的電子偷窺。一切的偷窺裡都潛藏權力的因素——「你的身體逃不過我的眼睛」。偷窺是公然窺視的變態折射，是性壓抑文化被公開窺視引誘出來的一種異形。在外國也有「瞥伯秀」，一個密閉的籠子式房間有個小孔，投下兩毛五就可以瞥那麼幾秒鐘。會去看這種「瞥伯秀」的似乎都有個特色，他們都畏縮如獐頭鼠目，既懦弱但似乎又善良，投幣前會緊張得猶豫好久，但投幣後偷看時卻又眼睛都不眨一下，專注得讓人不得不佩服。他們那種生怕少看或漏看一點點的神情，就很容易會讓人想到在日本及台灣那種「偷窺文化」裡成長的男子。我曾經看過日本的成人漫畫及成人浮世繪，它特別喜歡將特定器官放大，做細部描繪。這似乎就是生怕少看一點點的心態的投射。

高科技的針眼偷窺，是台灣偷窺文化的極致，也是性文化荒漠後更加變態的情慾顯露。而它的本質則是被扭曲的監控權力！

性・權力・雛妓

當社會進行建構或重建構時，
性的不平等與剝削
也在這樣的過程裡變形蠕動。

我曾經是個樂觀的激進派，現在則不再是。各式各樣的色情文化已讓我罹病。當我仍是孩童時，我夢想著自由，而今成年，我發現我的夢卻都變成了色情文化。因此，當我不得不在噩夢中沉睡，我只得放棄在醒著的時候有夢。

這段告白出自德沃金（Andrea Dworkin）——當代最主要的「反黃」女性主義者之一，它揭櫫了當前兩性關係的一種基本困境；那就是，當人們愈致力於追求兩性間的自由平等，希望將由於各種歷史及政治、文化因素而造成的不自由與不平等解消，卻愈發現舊有的不平等總是在「占用」這些努力所造成的新空間。於是，「性自由」被「占用」，反而成了男子性享樂主義的另一重掩護；而在這個「愛滋恐懼症」的時代，性的不平等和性的剝削則更加下移，更「乾淨」、「無害」的男童和女童開始成為新的剝削對象。對兒童的性侵犯，對雛妓日益喜好，已開發國家的同性戀者至後進國像養婊太太一樣的包下男童，已成了世紀末性享樂主義的詭異新現象。

這就是性的「權力政治學」，當社會進行建構或重建構時，性的不平等與剝削也在這樣的過程裡變形蠕動，進行「占用」。性是一種權力，也是一種想像，性想像的無邊無際，反過來支撐了舊有的性權力關係。因此，近代「反黃女性主義者」如麥金儂，如德沃金等日益強調「反黃」不是女性問題，而是「人權」問題。雛妓問題日益普遍，如果放在整個有關雛妓問題的色情文化裡來考察，就會發現這種色情文化是多麼的罪過。

性是權力，也是經由想像而展開的快樂機制，於是自古以來，無論東西方都有了戀童的文化癥候。這是一種「摘花」的樂趣，在東方的無聊官紳階級裡，女童的身體甚至還被形而上化，它是鍊丹的爐鼎，是採補的器皿；縱使有教養若蘇軾、張子野等也都不能免，並將之美學化：「白髮紅顏」相輝映，是多麼詭異浪漫的美學！

而在西方，這種「戀女童症」也同樣的被想像的美學所填充，給予它山林水澤裡小精靈的意義，給予它「聖母——娼妓」混合的性快感的意義。性的想像沒有邊際，將女童的身體性化，它躲藏的其實是男子性幻想的極致——一個完全臣屬於自己的女體。也正因此，遂有人認為，這一切的根源其實也就是「快樂的貧困」。由於「快樂的貧困」，也就造成了性想像幾乎成了唯一的快樂來源。近年來西方盛行許多性想像的通俗讀物，真虧了這些人如此有性的想像力，萬事萬物幾乎無一不被性化，何況女童的身體！而女童並沒有拒絕自己的身體被性化的權利。

女童被性化，女童可以成為性的對象。在台灣的牛肉場裡，每當「幼齒」壓軸，尚未長齊的毛髮、青澀的身體，總是招惹出一堆喧譁騷動；「幼齒」在華西街，在俱樂部，在賓館皮條客的口袋裡：「先生要不要？有學生證的高中女生喔！」台灣雛妓有沒有十萬？在這個「幼齒崇拜症」的時代裡，雖不中，大概亦所差不遠。雛妓，侵犯女童，性暴力，還有同性戀養男童，這些都是二十世紀九〇年代的特徵，它與六〇年代的性混亂，十八世紀的性倒錯，中古的亂倫，都是社會的性病！而它的關鍵，或許就是各式各樣的黃色文化吧！

HYPER情人節

只要碰撞得恰恰好，
每個人就可以在軌道交切時
「成為十五分鐘的英雄」。

身處後現代的此刻，古拉丁字的字首HYPER已愈來愈成了一個關鍵字。

HYPER是一種「超過」，指的是比一切「自然狀態」更過的那種狀態。「氧化物」有什麼了不起？還有「過氧化物」（hyperoxide）；「超級市場」又怎麼樣？還有「更超的超級市場」（hypermarket）；「過敏」、「血壓過高」、「過度增值」……一切「超過」的事物和狀態，都可以被冠上這個字首。於是，我們就有了「超現代」（hyper-modern）、「超現實」（hyper-reality）、「超價值」

（hyper-value）等新的概念。

我們的確是生活在一個什麼都「超過」了的時代裡。根據法儒布希亞（Jean Baudrillard）之論，當以前在「自然階段」時，一切價值都以實用為依歸，是為「使用價值」；及至商品階段，遂變為「交換價值」為主；而在「結構階段」，由於結構制約著符號的認同和意義，於是有了「符號價值」；然而，現在又怎麼樣了呢？

現在的確是個和以前不同的時代，媒體和資訊無所阻擋的橫掃及穿透過一切的領域，人們徹底的淹沒在它的汪洋大海中。以前尚能存在的結構被打散，每種價值的界面被抹除，許許多多的原來意義也被漂白，這些都是以前的「意義」棲身之所。而當這些已無存，於是，人們就進了另一個一切皆被打散的「碎片階段」（fractal phase）。意義被媒體資訊作出「任意的蔓生」，所有的價值也同樣被不斷裂變。沒有了結構和縫隙，就等於什麼都均質成糊，不再有大人物和小人物。只要碰撞得恰恰好，每個人就可以在軌道交切時「成為十五分鐘的英雄」。這樣的時代裡，媒體與資訊是最重要的新君王，它決定著價值和意義。任何事物不存在於媒體資訊中，就等於不存在（當我們都不知道，當然就不能算存在）：當媒體資訊一窩蜂似的將某件事傾洩而出，它就立刻堆疊成了一個「hyper-reality」，於是我們也就有了「價值的流行病」（epidemic of value），它是一種癲狂，一種唯恐趕不上的恐慌。

癲狂和恐慌也就變成了驚惶。二月十四日的情人節或許就是個例子：它已不再是自然狀態的情人節，而變成了一個「HYPER情人節」，許多人被情人節煎熬，有人因為沒有情人相約而驚恐心碎的自殺，有人因為情人忘了送上紫玫瑰而割腕。情人節已變成一種癲狂。

「HYPER情人節」的確愈來愈難過了。春節的大「瞎拼」（shopping）剛剛才完，情人節就披靡式的到來，新聞和電視一點也不嫌棄的為它造勢，百貨公司和大小店鋪為它鼓吹，情人節不再是節日，卻變成了一種壓力空氣，沒有人送花到辦公室，對許多人已變成了一種「羞愧」，沒有對象送花，則變成難捱的「無能」和「罩不住」。「××，情人節和誰相約？」的社交語，讓人刺耳得覺得是一種「示威」和「諷刺」。所有的這些，都是情人節在被HYPER之後的「HYPER化」，情人節的意義已像癌細胞般的分生增殖，這乃是它在「超過」之後所造成的「價值裂變」（metastasis of value）。情人節已愈來愈讓有情人的人和沒有情人的人痛苦難捱，而它唯一沒有告訴情人的是如何「有情」。

也正因此，在這個一切均被HYPER的時代，抵擋被HYPER之後的「hyper-reality」已愈來愈成為一種必須有的自我鍛鍊，只有透過鍛鍊，才不會在虛實難分的不確定感和空虛感裡被化為燔祭。如果不能抵擋，也要情人花和情人餐一番的話，要請注意的是，明年的情人餐莫去「衛爾康」！

編註：

內文所提到的衛爾康，是指一九九五年在台中市的衛爾康西餐廳的火災事故。此事件是台灣公共安全開始受重視的轉捩點。

在「市場」裡媚俗

在這個世界上有太多虛偽充斥，
只有那種彼此之間難以言說，
但卻能共同感覺到的情愫才是最後的真實。

自從昆德拉在《生命中不能承受之輕》裡說過「媚俗」（kitsch）之後，這個字已成了理解世紀末現象最重要的關鍵字。

「媚俗」出自十九世紀末的德國，原意是指格調庸俗但為大眾喜歡的繪畫，它沒有什麼美學上的創意，只反芻著俗民的口味。昆德拉則取其延伸義。他在所著的《小說的藝術》裡說道，十九世紀的德國與中歐，乃是「浪漫過頭，不切實際」的地方，正因如此，價值始告錯亂紛歧。他說：「媚俗是將習知觀念的愚蠢，翻譯成美麗善感的語言。它讓人們為自己，為自己感與思的低俗而流出熱情的眼淚。」

因此，「浪漫過頭，不切實際」而產生的「媚俗」，是一種廉價的事物。它用簡單輕鬆的答案意圖滿足人們的浪漫憧憬。它有著自我興奮與自我感傷的成分。它虛假做作而有掌聲。昆德拉在《生命中不能承受之輕》裡，對這些虛假做作有過尖利的嘲諷。他在小說裡最後肯定人與人之間的「共感」——在這個世界上有太多虛偽充斥，只有那種彼此之間難以言說，但卻能共同感覺到的情愫才是最後的真實。

然而，現在的世界畢竟離開昆德拉嚮往的那種人與人有「共感」的理想已愈來愈遠，而是「媚俗」當道。我們在「媚俗」中將人與人的關係只看成「市場」，也在「媚俗」中將人看成是一種工具，我們在「媚俗」中將人漸漸的摧毀。

因此，古代的人看娼妓問題是一種無法避免的惡。人們反對娼妓的存在，因為它是人類未能更加進化的羞恥，但正因人的惡仍然存在，因而不得不以歉疚的心讓它留存，不得不以歉疚的心管理改善。娼妓問題裡有人的羞恥與歉疚，而人則在其中惕勵著自我向上。

而現在的人支持娼妓，理由卻變得更加堂皇：娼妓也是一種流汗的工作，它與其他工作沒有兩樣，因而娼妓也有依靠市場而決定的勞動權和工作權。這是一種「媚俗」，將一切人的問題都變成了「市場」。那麼，在「市場」的理由下，還有什麼事情是不能做的？我們有什麼理由來指責「買春」？「市場」可以讓人們對任何問題不再羞恥歉疚，最後則是人不再是人，而只成為貨品。

我們在「市場」的掩護下義正辭嚴的「媚俗」。同樣的，我們也以「媚俗」的態度，用「工具」的觀點看「代理孕母」。人的身體不過是個「工具」，既然可以販賣謀生，為何不能販賣來作為生殖工具？

「媚俗」的將人只看成「市場」和「工具」，一切事皆可為。問題是，到了這個時候，人的意義又在哪裡？

卷三 生命最後的兩秒鐘

生命裡有兩種悲劇，
一種是得不到任何的悲劇；
另一種則是得到一切後的悲劇。

——歌德（Goethe）

生命最後的兩秒鐘

當生命不再有偉大的事物可以獻身，
沒有偉大的殘酷，也沒有了偉大的救贖，
人活著的意義就只剩下自己。

荷蘭的大作家諾特博姆（Cees Nooteboom）在九三年的時候出版了一本很小的小說《接下來的故事》，我花了許多時間卻沒找到，但由各家書評，卻知道它說的是「蒼涼」。

諾特博姆說：「這本小說談的是一個人生命裡的最後兩秒鐘，一秒鐘是不得不承受的記憶，另一秒則是一種神祕的心靈操練，俾讓自己從現在的存在型態過渡到另一種型態。」

由於它說的是生命裡最後的兩秒鐘，小說的敘述就像畫片般圍繞著他生命裡最難堪的愛情悲劇而旋轉，最後，小說以隱喻的方式敘述生命之舟的沉沒。優雅的文辭、細膩的感覺和炫學，再加上苦澀的幽默，使得這本小說風靡了歐洲，被認為是新近「歐洲小說」的經典，也映照出歐洲式世紀末的某個側影。

歌德曾經說過：「生命裡有兩種悲劇，一種是得不到任何的悲劇；另一種則是得到一切後的悲劇。」當代歐洲的悲劇大概就是後者，歐洲的帝國榮光早已沉入歷史的大海，繁華落盡，唯留殘暉。當生命不再有偉大的事物可以獻身，沒有偉大的殘酷，也沒有了偉大的救贖，人活著的意義就只剩下自己。對古代詩詞的耽溺，對某件不幸愛情的悔恨，生命在不得不虛懸的意義裡曠達，而曠達的背後則是蒼涼和形而上的虛無。諾特博姆的小說講出了歐洲人的這種情愫。

因此，時代有大小之分。大時代必然戰亂頻仍，大的殘酷與大的理想配對，大的壓迫又和大的義憤並行。大時代的每張臉譜都輪廓清晰。每個人都爭奪著他們未曾擁有過的事務，這包括了光榮、財富，甚或權力。大時代也是史詩和傳奇的時代，史詩和傳奇裡全是血淚的投影，那是一種虛無。

而現在則無疑的是個小時代。看過樓起樓塌的似水榮華，看過大時代的大殘酷，偉大已逐漸失去它的眩目光彩，歐洲已像它所擁有的那些蒼涼古堡般，在落日之下散發著歲月滄桑的囈語。這是得到一切後的虛無，它不再野蠻壯闊，但卻難免酸澀無力。

這就是生命的難局，幸福輕鬆可以讓人像柳絮般飛起，但找不到或不想做出更大的關懷，輕鬆的飛翔反而會翻轉成另外一種惶恐和沉重。當人只想到生命最後的兩秒鐘，而最後的兩秒鐘所跳過的只是憾恨，人到底是什麼也就更加的模糊了起來。

兩種亞當

一個在臣服中找不到出路，
一個在尖銳的對抗中也沒有出路。

一九九四年是「波士頓詩派」女詩人安・塞克斯頓（Anne Sexton）自殺逝世二十週年。近代所謂的「波士頓詩派」以羅威爾（Robert Lowell）為首；希薇亞・普拉絲（Sylvia Plath）、庫敏（Maxine Kumin）等均是其主要成員，在六、七〇年代這個詩派獨領詩壇風騷。安・塞克斯頓一九七四年十月自殺身亡，普拉絲則在更早的一九六三年二月自盡。她們都是先驅的女性詩人，近年來日益受到討論。

安的生平極有傳奇性，她在三十歲左右之前完全與文學無關，後來大概由於產後憂鬱症，在心理醫師引導下而學詩寫詩。她的詩具有精神病患者的超級敏銳力，除了女性認同、母性、死亡等課題外，當然也免不了波士頓詩派那種美國東岸近乎無政府思想的自由批判色彩的註冊商標。

安近年來日受重視，九一年她生前最主要的精神科醫師將對談的三百多卷錄音帶提供了出來，由戴安・米多布魯克（Diane W. Middlebrook）寫成傳記，最近，她的女兒琳達（Linda G. Sexton）也出版《母親回想錄》，人們對這位女詩人狂亂掙扎的一生有了更多理解：她不僅瘋，而且酗酒，對女兒性虐待，婚外情不斷，甚至還和第二個心理醫師有過性行為。所有這些，已往的研究都曾陸續揭露，卻不似這兩書這樣以直接方式公開出來，實令人怵目驚心，更加心生同情悲憫，同時這些出土的新資料，也益發證實了塞克斯頓詩裡的「男子意象」。

研究塞克斯頓的詩，其中多變的「男子意象」是個值得重視的焦點。「亞當」這個男子意象的代表，不是她真實的父親，真實的父親在她的詩裡是個威權如鯊、墮落如水母的可厭形象。她自視為一個「小孩——女人」（child-woman），她的亞當是：

父親，我已三十有六

卻仍躲在你的嬰兒小床
我又再一次重生，亞當
當你用你的肋骨激勵著我。

這個詩句所顯示的其實是她對精神醫師的認同與愛戀。從她早期寫父母之死的詩開始，小床、大海、孤島、鐵門這些意象即不斷出現，到她最後自殺前的一首〈划船〉（Rowing），也仍然是這些字與意象，而它則被總結到了上帝身上。她自比為單獨的大海划船人，「男子意象」最後變成了上帝。這種意象的變化，其實已顯示出，儘管她在追求自我和女性認同，但更深層的，則是她仍視老師、心理醫師，甚至上帝等「男子意象」為拯救的根源。這些其實也很可以與她焦灼的在生活上取悅寫詩的老師和心理醫師等來相互參照。她狂亂的生活是無所著落的「小孩——女人」這個脆弱的夏娃必然的結局。

安·塞克斯頓的作品顯示出一種臣服的亞當夏娃間的關係。這時候與她誼屬密友的普拉絲，她的作品呈現的則是另一種亞當了。

普拉絲的作品裡，自稱「亞當的女人」，那麼，亞當的角色又怎樣呢？她寫道他的皮靴走過之處會長出麥芽（意思是說，亞當掌控著為萬事萬物命名的語言權力），他的創造力都是暴力的，他半神半人。至於夏娃呢？則是：

冬天為女人準備——
女人，仍怯於編織
在西班牙胡桃木搖椅上
它是寒冷中鈍而無思的球莖。

塞克斯頓和普拉絲，兩個詩人，兩種亞當，一個在臣服中找不到出路，一個在尖銳的對抗中也沒有出路。兩位自殺的女詩人留下了夏娃無可奈何的悲情。

我們都是說謊家

謊言中最多的是說給自己聽的，其次才是欺騙別人。

尼采說過，謊言乃是「人類可怖及可疑特徵的一個部分」，因而它遂成為「生命中的必要」；而「謊言中最多的是說給自己聽的，其次才是欺騙別人」。

謊言充斥。沙特的情人，第一代女性主義者西蒙・波娃雖然主張女性自主，但新出土的信件，顯示她和另一個美國作家談起戀愛來，卻完全是標準小女人的姿態。於是，有人高興的說這是她不一致的謊言。西蒙・波娃說一套，但做的則是另一套，但比起其他更多更大的謊言，這其實根本算不上什麼。人生海海，她小女人般的謊言不妨視為一則名人的「八卦」。在不完美也無可奈何的世界裡，又有誰能免於說謊？

沒有人能逃脫說謊。說謊是語言人生的基本構成之一。因此，昔日的浪漫詩人布朗寧遂說道：「如同手之於手套，糖漿之於舌頭，說謊者發現他所說的謊早已存在，而人對謊言真是愛好。」人世間有太多事可做不可說，有太多不喜歡的事卻又非表示喜歡不可，正因為有了虛偽、掩飾、否認、背叛、謀略，說謊才得以寄棲於它們中間。

或許由於古代的人際關係簡單，因而說謊較少，說謊遂變成一種罪惡。但到八世紀以後，除非過分邪惡的說謊，它已不再那麼被人追究。而政治的謊言，「水門案」算是高峰，儘管後來的政治說謊並未減少，但人們卻似乎已對它更能原諒。說謊者在被發現後只要能說聲抱歉，可能就會被寬恕。這是人類的道德標準在降級嗎？我們並不知道。但在每個人都難免小奸小壞的時代，寬恕別人說謊，也未嘗沒有藉著寬恕別人而寬恕自己的含意。

我們都常常在說謊，不說謊的世界將透明到沒有複雜和歧義，一切將只剩下單調冰冷的三段論式語言。大人為了某些不便告知小孩的事而說謊；政客為了顏面也常說謊；夫妻情侶則因慾望造成的脆弱，而常藉說謊來掩飾背叛；有時候人們還必須明知其假的說著白色的謊言。生命的複雜與脆弱，慾望的勾引和煽惑，謊言存在於曖昧中。

我自己也會說謊，有些謊說得汗流浹背；有些則是為了避免更大的傷害而說謊。人是介於君子和小人之間的脆弱者，真擔心將來是否能在時光隧道中與上帝相見。但總記得馬克・吐溫的話：「有八六九種謊言，只有一種絕對禁止，不要偽證害你的鄰人！」

應當記得的不要遺忘

曾傷人的要記得，被害者才會遺忘。
但若應記得的卻選擇了遺忘，
受害者遂只好永遠痛苦的記得！

當代東歐專家、牛津大學聖安東尼學院的艾許教授（Timothy G. Ash），在《紐約客》雜誌上講了一個他自己的故事。

他從一九七八年還是牛津的博士生時，就時常走訪東柏林。兩德統一後，他研究東德昔日的「國安局」，因而看到他自己的檔案。厚厚的三二五頁裡，十餘年來他在東德的一切都被記了進去，甚至還包括了純屬隱私的性與愛。他覺得憤怒、羞辱和悲哀。因為從閱讀檔案中，很容易就判斷出是哪些人當「特務線民」，他遂花了許多時間一一重訪這些他曾經視為朋友的線民。他想知道他們為什麼做這樣的事，更想知道他（她）們是否會覺得羞愧。

他得到的答案令人震驚。他（她）們對以前所做的事或者已經麻木，或者就只有很淡的歉疚。一九八〇年他還在東德寫論文時，認識了一名女友。有一晚兩人回他的租房歡愛。做愛前，他女友特地拉開窗簾和打開房燈，結果他倆的照片進了檔案。女友開燈和開窗簾顯然是要配合對街用望遠鏡頭拍照的特務。艾許教授找到昔日的女友追問，她說已不記得開窗簾，只記得開燈，為的是要「看你看得更清楚」。她當然是在說謊。

艾許教授親身經歷的故事，也是個會讓人覺得悲哀的故事。現在的世界上，從國家到個人，都自願或被迫的做著各式各樣不應該做的事。整人、告密、背叛、出賣等天天都在發生。有些人為自己做這樣的事找到神聖的理由；有些被迫做這些事的人則以「被迫」原諒了自己。縱使到了今日，一切已成過去，他（她）們也不願被追問時表示羞愧，而寧願想像這一切都未曾發生。人活著必須有意義，而現在的世界則是活著最重要，為了活著而可以做一切的事，為了活著也可以原諒自己做過的一切事。

對於個人的罪惡，甚至集體的罪惡，始終存在著兩種各有其道理的觀點：

猶太教信仰和哲學家桑塔耶納，他們說的是「記得論」，一切的罪惡只有在記得之中始可獲得救贖；也只有在記得之中始能獲得教訓。

但歷史哲學家勒南（Ernest Renan）等則強調「遺忘論」。他們認為一切的罪惡與傷害都是疤痕，疤痕常在，但不要掀動，任何掀動都只會再度沁血，要讓疤痕在遺忘中脫落。

歷史的意義在「記得」和「遺忘」之間。曾傷人的要記得，被害者才會遺忘。但若應記得的卻選擇了遺忘，受害者遂只好永遠痛苦的記得！

頹廢當道人生倦怠

頹廢是一種慵懶、一種慾望的呼吸，
它用一種高貴的方式散發著床笫間的聯想。

現在，最當令的是頹廢。許多名牌服裝秀在為它造型：秀美而帥酷的名模要用過重的眼影來烘托倦怠；寬鬆的披肩或罩衫要虛虛的繫著，彷彿對什麼都毫不在意；而髮型、質料的花式或色調則在復古裡炮製新的誘引。頹廢是一種慵懶、一種慾望的呼吸，它用一種高貴的方式散發著床笫間的聯想。頹廢是一種無所事事的沉迷和憂鬱。

頹廢當道，九〇年代前半那種模擬僧侶，以素面無褶長裙長衫為主，飾以靈性飾物的新時代服飾則漸漸退位。當頹廢的歌聲響起，它已注定將伴隨著我們走往世紀之末。

法國當代思想家布希亞（Jean Baudrillard），稍早前曾寫過一篇小論文〈狂歡之後〉，很可以作為我們觀照萬事萬物的新起點。他指出，在這個世紀之末的時刻，我們業已經歷了一切解放，包括政治解放、性解放、價值解放、美學解放。在概念上，等於已沒有了任何事情可以值得再獻身的烏托邦，剩下的就只有例行的、毫無新意的反芻，並在反芻中使得整個世界都愈來愈成為糊狀。

這就是「狂歡之後」的倦怠，它像蠟燭燒到尾端那樣的疲弱溫吞，並耽溺在這種微微的溫熱之中。倦怠是一切都糊化後的憂鬱，它沒有另外的出路，也找不到別的東西來定義「自我」。倦怠造就著頹廢，我們已進入一個不再有是非對錯、不再相信，也不再嫌惡的時代。頹廢是什麼也不想，也不值得想的沉淪。當波特萊爾躺在他的鴉片煙床上，他真的懂了什麼是頹廢的況味：**頹廢是燒殘的蠟燭，是甜膩的鴉片和大麻香，是雛菊朽敗的那種爛熟味，是青紅交錯大花式樣的臥室窗簾和褻衣。頹廢是人在無所事事之後最終的慾望。**

而我們這個時代會走向頹廢，一點也不值得訝異。我們生活在富裕中，富裕使得我們失去了對別人的關心，卻又以一種強辯的方式讓自己逃避到一個抽象的世界佯裝關心。於是，我們不談每一個真實的受苦的人，而只談「主體」，接著又用「身體」代替「主體」，最後則以「慾望」代替著「身體」。當人不再是人，而只變成慾望，頹廢的水閘門就等於已被開啟。以前我們談「靈肉」，現在則只談「慾望」或「情慾」。情欲是最後的實在，它讓頹廢得以奔騰。

頹廢當道，它在服飾裡、在口腔到大腿間這一塊身體裡。以慾望為名，任何事皆可為。我們將人簡化成慾望，但在人愈來愈成為慾望時，人卻可能從此而失去！

一個卜者之死

卜者在占不準別人的命運中
也快速的失去了自己的命運。

卜者的世界必須各種悲喜鬧劇來灌溉。其中最具黑色幽默效果的，乃是十八世紀末和十九世紀初的英國名卜喬安娜．薩斯考特（Joanna Southcott）的故事。

喬安娜自稱「神諭使者」，而她的個性中也的確有足夠的表演天分來成就她名卜的地位。她生時有十萬以上的信眾，死後留下一個祕密的寶箱，宣稱內藏眾生未來之奧祕，但必須二十四位主教在場時始能開啟。這是不可能的任務，但當時的人卻硬是違背了她的囑咐而打開了這個不應該打開的寶箱，裡面哪有什麼奧祕，只是一堆垃圾。沒有人知道喬安娜的寶箱說的是什麼故事，難道人類的未來就是垃圾？

或者她用死後的法力將奧祕變成垃圾，以懲罰主教們的拒絕合作？而最合理的解釋是，箱子裡裝的本來就是垃圾，它根本就不應被打開，俾讓人們繼續在無知中相信垃圾就是奧祕。喬安娜藉著箱子在說著一則寓言：卜者乃是垃圾與奧祕的仲介，但決定是垃圾或奧祕的仍是人們本身。喬安娜在揶揄眾生時，也在揶揄自己。

因此，或許卜者的真正身分就和古代的小丑一樣，用他們那種非常有演藝性格的表演能力，藉著機智的話語來調侃信眾和自己。人生而脆弱，有些人唯恐失去僅存的少許，有些人則擔憂減少比擁有的更多，而就在這些少許和更多之間，不確定的焦慮遂讓卜者的表演事業有了揮灑自如的餘隙。得到或得不到都是我們的煩憂，卜者在幫助我們解憂時，為解憂而解憂，這不同時也變成一種調侃？英文的卜者是soothsayer，更正確的說法應當是「說安慰話的人」。卜者僅止於此，沒有更多。

許多人都在意卜者所說的話，而我卻在意卜者自己的命運。他或她們在幫助別人解憂時，他們自己的憂慮又是什麼？作為卜者，他或她們可曾卜到自己的命運？早幾年我最喜歡看美國的八卦小報，它每逢年終歲末總是會找來一堆名卜，替明年的大小事務先推卜。那可真是名卜們的豪賭，沒有人會成為贏家，因而卜者的風水也就格外轉得迅速。卜者在占不準別人的命運中也快速的失去了自己的命運。

一位名卜因情而被殺，讓人油然而悲，既悲一個人的不幸，更悲卜者無從掌握自己命運的悲哀。這是卜者對自己生涯所做的反諷，正如同宋七力用自己的手解構了自己的神通。名卜之死和喬安娜的寶箱一樣，都是卜者在垃圾和奧祕間所做的隱晦證言。

頹廢，以及髒話

髒話是一種沉迷，
它的本質是故意在玩著一種惹人討厭，
但在別人討厭裡卻自己高興的口頭遊戲。

小時候成長於半下流社區。它有俗民社會的歡樂與親愛，也有貧窮之家的悲哀。有些人在艱困中搏命的攀爬，瘡痍滿身；有些則陷落在煎熬裡，替社區平添無數粗礪的喧囂。他們揍老婆和打小孩，常常弄得鬼哭神號；而經常出現的相互罵街，也總是動輒雞飛狗跳。髒話在社區裡流漾，我們則在其中成長。

這就是髒話的起源。思想家馬爾庫塞（Herbert Marcuse）說過：「髒話是弱者對自己的憤怒。」生命的粗礪和語言的粗礪乃是孿生兄弟；揍老婆、打小孩、講髒話，所代表的是對自己不同程度的憤慨，也是一種移情式的轉移。髒話彷彿虛舞的拳頭，它替無力的弱者打開了一扇可以逃避命運的窗口。

自從讀到「髒話是弱者對自己的憤怒」這句話之後，無論遭遇多大的侮辱，總是被這句話刺痛著，不敢讓髒話脫口而出；並且也愈來愈能理解到每句髒話的後面，一定躲藏著某些我無法知道的卑屈和怯懦。髒話不會比髒事更骯髒。髒事是強者的斗膽，髒話則是弱者的懦弱，只當既不斗膽，也不懦弱時，人的心和口始有可能變得乾淨。

然而，世紀末的此刻，集體的頹廢，集體的無力和媚俗，卻使得髒話成了新的主流。有人以髒話嘲諷，有人以髒話罵街。髒話是壓抑的反昇華，讓人們將對自己的憤怒，轉化成對自己的另類詛咒。世紀末有如一鍋煮爛了的混沌的湯，一切事物不再有原來的形狀，它讓人虛軟軟的無力可施，又覺得世界只不過是一場徒勞的熱情。於是，世紀末的新道德遂加上了髒話。它是對生命有點生氣，但又氣不太出來的憂鬱式報復。它與頹廢有如近親，頹廢不再有宏大，髒話也少了義憤，它們皆屬沉迷。

髒話是一種沉迷，它的本質是故意在玩著一種惹人討厭，但在別人討厭裡卻自己高興的口頭遊戲，因此髒話有一點虐他與自虐的含意。髒之所以稱為髒，乃是某一種東西到了它不應該到的地方。美味的湯汁滴到襯衫上即為成髒，床笫間的私密用語到了街上也成了髒。髒話是故意攪亂瑣屑事物的象徵秩序，如同故意要把垃圾桶放到餐桌上去製造騷擾。

世紀末的髒話盛行，它在饒舌歌裡、在鬧劇式的脫口秀以及電影戲劇裡。上個世紀末，尼采最關心的就是這種結伴而來的頹廢與壞疽，並認為這是一種負面的人生，一種放棄。髒話令人討厭的外表下，躲藏的其實只不過是一則則放棄的故事。

難再挽留

徜徉在那樣的氣氛裡，無所謂歡喜，也無關乎惋惜，
只是讓人對世事的多變、繁華的不久，
多出一種喟然的感慨而已。

慕名澳門的峰景酒店（Hotel Bela Vista）已久，那是許多西方旅遊書都會提到的名字。最近趁赴港之便，終於得償夙願。

峰景酒店只有八間套房，是高尚親切小酒店的典型。它是澳門維修得最好的葡萄牙殖民建築之一，赭黃的坐落在山腰間。入門處一方小小的「世界頂尖酒店之一」標誌。走進去，則是濛濛的昏黃，所有古老高雅的陳設，都彷彿凍結進了膠質的時間中。它的後廊幽幽，有幾張餐桌。靜謐的夏日午後在此用餐，遠方的洋面水

波不興，侍者多禮而來去均輕捷無聲，正統的葡萄牙餐點則被加上些許熱帶情調，予人倦怠的溫柔之感。

由峰景酒店，就想到電影《印度支那》。它每當回溯既往，總喜歡用濾光鏡頭拍攝，呈現出時間苔痕的昏昏色調：它有一點甜膩，一點欲振乏力的頹唐，彷彿連鏡頭都抽了鴉片煙般的慵懶。那是一種「後殖民」的顏色，倦怠的鄉愁裡，一切都顯得那麼困乏，甚至連實體也都朦朧了起來。

然而，無論峰景酒店或印度支那，在這個後殖民的時代，它們畢竟都難再挽留。電影《印度支那》裡有一段對白最好：法國女橡膠園主人收養了一名越南女孩，她長大後成了女革命家，而後被捕，出獄時養母親往迎接，希望一切都能像已往那麼美好，但養女在和養母擁抱痛哭後卻決然而去，丟下讓養母莫知所萌的一句話：「回去妳的法國吧。妳想像的印度支那已經消失了！」

法國人想像的印度支那（越柬寮）已經消失了。英國人想像的島嶼天堂香港，也開始倒數計時；而澳門也同時到了離開葡萄牙的前夕。對此刻的英國人或葡萄牙人，都難免有急景凋年的滄桑之感。這些地方，在上個世紀末都曾是歐洲異國情調的想像樂園，他們也的確在許多殖民地建築物裡營造出高雅或華麗的花團錦簇，只是所有的這一切都耐不住時間的剝損，漸漸只成茫茫苔痕。

澳門的峰景酒店裡，從進門到大廳，最讓人心醉的就是一股昏黃而高雅的氣氛。徜徉在那樣的氣氛裡，無所謂歡喜，也無關乎惋惜，只是讓人對世事的多變、繁華的不久，多出一種喟然的感慨而已。

而無論如何，我總會記得那種昏昏的、令人倦怠的最後的殖民主義餘光。

偶像是心靈的巫術

偶像認同也是一種集體崇拜儀式，
只有在某些特定場所，
人們始能解放狂歡。

儘管文明已經相當漫長，但人改變的其實仍極微少。由古代的巫術崇拜到今天的符號偶像崇拜，儘管表象不同，實質卻都一樣。

古代的巫術崇拜，它的基礎之一乃是「相似律」。人們會將符號上相似的不同事務糾結在一起，於是符號可以成為真實。人們會用木頭泥土做出人形來施法魔人，這個人形代表了他想魔害的那個實在的人。「相似律」的民俗信仰無所不在：漁家吃魚不能翻轉，因為它代表了漁船會翻覆；印第安人的婦女在紡織時，手要先摸花紋美麗的蛇皮，這樣她才會織出漂亮的圖形；當部落裡的人被攝影機照相，看到相片後都會驚駭莫名，因為他們的靈魂已被攝走；符號與實體的相似還成為飲食文化的一部分，吃虎鞭可以虎虎生風，如同昔日歐洲貴族喜吃百靈鳥，認為有助於聲音變得更美好。吃什麼補什麼，補的並非實體，而是符號。

混淆符號與它所代表的實體，到了現代有了更多複製品。第二次大戰期間，有許多後進地區第一次看到帶來滿載貨的新式船隻，也首次看到空投貨物的飛機，於是遂出現所謂的「船貨崇拜」。他們認為船隻與飛機乃是進步繁榮的代謝，有了船隻和飛機，國家就會進步到貨用不完的現代化階段。「船貨崇拜」使得這些國家後來大舉餓著肚皮也要購買船隻與飛機，但除了放著生鏽外，什麼作用也未曾發揮。

將符號視為真實，在現在這個符號交換的時代已愈來愈變本加厲：

例如，大眾娛樂的偶像崇拜，它已成為孤寂的人們追求歸屬感的最後閥門。認同已經被消費化，或者是品牌認同，或者是偶像認同。偶像認同也是一種集體崇拜儀式，只有在某些特定場所，人們始能解放狂歡。偶像崇拜裡拯救著人們虛假的自我意識。

現在的人愈來愈需要偶像來拯救自己的疏離和無力，而後在偶像崇拜中對自己做著寬恕。我們崇拜政治偶像，為的是減輕自己在這個政治不確定時刻的負擔。現在的人也變本加厲的崇拜宗教偶像，為的也是讓自己減少徬徨的不安。無論任何形式的偶像崇拜都起源於不安和對自己的棄守，然後被包裹到另一個宏大的虛像之中。被包裹到符號裡可以讓自己輕鬆，但就在這樣的輕鬆底下，卻藏著虛像泡沫終將迸裂的沉重。用符號代替實在，這就是它的風險。這也顯露出，走自己的路，做自己的選擇，過自己的人生，原來竟是如此的困難。

「虛擬實境」的荒蕪見證

「虛擬實境」替人的自我逃避準備了一個銅牆鐵壁的烏托邦。

這是個「虛擬實境」的世界，當「實在」已變得愈來愈不確鑿，「虛擬實境」也就比真實還要真實。人們在想像中建構虛假的幻景，並相信那是最後的皈依，因而一群「天堂之門」教徒將彗星的長尾當成了天梯，攀附著要登上彼岸。他們或許自已死得自在，但留在這個世界的，則無疑是另一個荒蕪的見證。

當代最首要的精神特徵是虛無。虛無是跳動的心找不到溫暖的家所產生的倦怠和煩悶，於是人們遂在荒涼的疏離和寂寞裡，向「虛擬實境」臣服。這和三、四〇年代孤寂的青少年看了還珠樓主的劍俠小說而逃家想到峨嵋山拜師學藝一樣，都是心靈孤寂者對自己的另一種凌遲。只是以前的「虛擬實境」仍然必須靠文字，而現在的「虛擬實境」則更像真實。

當代法國思想家布希亞（Jean Baudrillard）說過，在這個資訊以及影像化的時代，真實的事物愈來愈變成朝生暮死、真偽難分的記號，於是虛實之間也就沒有了界線。以前，人們藉著反省現實而建造哲學和思想，當現實已不再確鑿真切，一切思想也就失去了立根的根基。這也就是說，人等於被拋向虛實難分的世界，並沉淪在虛構的影像世界中。「虛擬實境」無論以哪種方式表現，它都是比真實還要真實的「超現實」（hyper-reality）。「虛擬實境」替人的自我逃避準備了一個銅牆鐵壁的烏托邦。

一切的烏托邦都是逃避，以前，人們由於對現實不滿，因而以極度的侵略心對外擴張，要建造現世的烏托邦。而今天，則是對外在的烏托邦已無能為力，因而將侵略心轉向自己，企圖躲進另一個虛構的世界中，而它的終極當然只有死亡。

虛實難分或許是一種好的文學，莊周夢蝶，不知是莊周化蝶或蝶化莊周，從而能讓人在參透虛實的相對性後，減少人的固執並增加對萬事萬物的達觀與雍容。但若以虛為實，並因而放棄一切意義，甚或認為人生根本即無意義，那就難免入迷成執，沒個了局。

人間有不滿，要在世間求；此岸的煩惱不可能在不可知的彼岸尋找。「虛擬實境」再怎麼像真實，終究還是虛擬。這時候，忽然想起了唐代詩僧寒山子的這首詩：

碧澗泉水清，寒山月華白；
默知神自明，觀空境逾寂。

無論現實多麼的似幻，無論虛構多麼像真，我把定自己的「神自明」，一切不都是萬古長空、春天不盡嗎？

疫病也是一種隱喻

我們以為是在談新的疫病，但因毫無所知，
因而所談的只不過是舊的記憶和恐懼。

無論看過小說版或電影版《屋頂上的騎兵》，都知道它描寫的是一八三二年法國大霍亂。那段期間，對霍亂的恐懼無知使得每個地方的人都懷疑外來的人，動輒會被扣上「下毒」的帽子。

當代法國思想家傅柯（Michel Foucault）的弟子狄拉波特（François Delaporte），在老師的指導下完成《疫病與文明：一八三二年巴黎大霍亂》的研究。他在書中說過一句意思深遠的話：「疫病並不存在，存在的並非疫病，而是我們對疫病所做的事。」

這句話的真切意義是：當一種人們完全無所知的新疫病發生，現在的恐懼就會和舊的恐懼接上枝。我們以為是在談新的疫病，但因毫無所知，因而所談的只不過是舊的記憶和恐懼。巴黎大霍亂期間，由於死者多數為窮人，他們遂將中古時代瘟疫裡的「下毒」觀念復活，認為這是富人下毒消滅窮人的陰謀；而富人則幸災樂禍的用優生學來解釋霍亂，認為霍亂是「自然界的警察」，可淘汰骯髒下等的人。而政府為了掩飾自己的無知，也指控這是反政府者下毒，霍亂製造出了瘋狂。

疫病存在於對疫病的論述中，說得更好的是當代美國女文論家蘇珊・桑塔格（Susan Sontag）。她在《愛滋及其隱喻》一書裡就指出，人們談論愛滋的方式，延續並增強了一向對非洲歧視的傳統；而像薩伊等國，則又認為這是美國在實驗室裡開發出來的病毒，目的是要消滅非洲人。當然更不必說視愛滋為「上帝的懲罰」這種論述的邪惡了。

因此，不但疫病是一種隱喻，這種類似的行為也無所不在的表現在其他方面。當人類遭遇到某一種他們無法理解，也不知如何去說的情況，這時候他們嘗試著去說的，當然也就不可能是新的答案，而只不過是舊恐懼的反芻。恐懼在不斷的反芻中變成歇斯底里。台灣的豬隻口蹄疫從開始的無知恐懼，再到後來的陰謀下毒論，讓人看到了一八三二年巴黎大霍亂的某些側面。若干年後當我們回頭看這次口蹄疫，無知、恐懼、陰謀，加上這些被疫病隱喻造成的緊張與草率處理，或許會讓我們羞愧無已。到了那時候，或許才會更懂「疫病並不存在，存在的並非疫病，而是我們對疫病所做的事」這句話的道理。

恐懼會使人以它當作中心，建造論述，使恐懼變得更加恐懼，這時候用清明理智看待及處理問題的能力遂告喪失。《屋頂上的騎兵》裡有這樣一段話，可以當作注腳：

「霍亂這麼容易就傳開，是因為它帶著死亡的陰影，使我們與生俱來的自私加劇！」

嗄客——嗄嗄叫的政客

「嗄客文化」當道，
主持人和觀眾都語言愈來愈多，
而溝通愈來愈少。

人與人之間，話說得少反而容易投契；一旦朝夕相處，話說得多了，卻可能會察覺出溝通障礙。因而西諺遂有「因誤解而結合，因了解而分開」這種犬儒式的名言。

我們不知道人際關係是否常「因誤解而結合，因了解而分開」，但話說得愈多，未必有助於了解，這卻是世紀末此刻的事實。在這個媒體空前發達的時代，「嗄客文化」（Yakker's Culture）當道，人們必須用不斷的說話來填充媒體不知足的胃納。大家在說話中彼此娛樂，但在娛樂過了之後卻又發覺到本來清楚的反而變得模糊，本來就不清楚的當然更不清楚。人不在語言中黏合，只在語言裡分開。

「嗄客文化」裡的「嗄客」，指的是媒體時代喜歡或被迫不得不喜歡嗄嗄叫的人之謂。「嗄客」經常都是政客兼脫口秀主持人，媒體需要他們的名氣，而他們則需要媒體來更加有名。「嗄客」只有在錄音攝影棚裡才能體會到存在的滋味。他們在不斷的說話中證明自己，也只有不斷的說話才可免除失去有名的恐懼。「嗄客」在成為演藝人員之後，即被演藝人員的邏輯所驅策。

「嗄客文化」產生獨特的「嗄客語言」。它善於將複雜的簡化為二，然後逼迫著人們進行非此即彼的選擇。「嗄客語言」在簡化問題中簡化語言，又在簡化語言中簡化思想。

「嗄客文化」同時也是一種在簡化中做著拼貼的文化。「嗄客」不求思路的條理化，而善於將各種不相干的事物牽纏在一起，讓聽者在似清不清的氛圍中被迷亂。紐約大學的一位教授就指出，「嗄客」是一種娛樂演員，以簡單的事實，滑溜多變的修辭取勝，他們著重舞台效果。「他顯示的是虛像的真實，似乎真，但卻不真。」

由於「嗄客文化」是一種通俗舞台劇，因而它就愈插科打諢的具有喜感愈佳。「嗄客」能用滑溜的語言逗樂所有的觀眾，甚至讓觀眾也變成龍套，而後大家在拍巴掌式的你來我往中得到樂趣。

因此，「嗄客文化」的領袖和以往不同，以前的領袖依靠歷練、才幹、長久的貢獻為基礎。但「嗄客文化」裡的「嗄客」只靠一張嘴。「嗄客」不必累積，也無須信用。「嗄客」政治人物不必同志，只需要觀眾，因而他們在任何政黨裡均必然自行其是。他的媚俗就是本錢。

「嗄客文化」當道，無論脫口秀、叩應，主持人和觀眾都語言愈來愈多，而溝通愈來愈少。由政治人物催眠秀，到議員作秀主持節目太多，以至於無法出席議會，台灣的「嗄客文化」已開始了。

後現代・高科技・示威

後現代的政治也是抗議玩家的天堂，
他們可以在高科技的輔助下
玩出一片另類的自由天空。

有一位當代思想家說：「後現代的政治，乃是沒有範圍的自由之政治。」「沒有範圍的自由」，最明顯的即是高科技和抗議政治的結合，它使一切的不可能都成為可能。人們可以用雷射光束，打出抗議字句，但這只算是高科技示威的小場面。

更大的場面多著哪。「綠色和平」在南太平洋反核爆示威時，它的船隊用衛星導航系統擺脫海上封鎖而強行登陸；法國人在巴黎示威，則用高科技攀岩設備登上摩天大樓，拉出超大型的布條；國際網路早已成為跨國跨地串聯的主要媒介；而衛星電視則成為突破封鎖的主要工具。有些國家甚至出現抗議者干擾電視及廣播頻道的案例。

高科技的示威，也是愈來愈無法阻擋的示威。當一個社會愈來愈進步，它也就必然的愈來愈複雜和脆弱，任何一點都可以在防不勝防下被高科技所突破。難怪有人說，後現代的政治也是抗議玩家的天堂，他們可以在高科技的輔助下玩出一片另類的自由天空。

可是，不管怎麼說，一個抗議玩家的時代，終究是比較不好的時代。因而，後現代政治遂必須是個政府高度柔軟的政治。它必須對各種問題有足夠敏銳的感覺能力，必須見微知著的主動反應調整，它要以自己的柔軟來讓一切難以估測的高科技示威在未開始前即已結束。西方民主政治最古典的原則之一即是「政府有反應」（responsive），而非常有趣的，乃是「政府有反應」這個英文字，又和「責任」（responsibility）相連。當人們知道這兩個字原來竟然是同一個來源，或許才會理解到最近大家都在說的「責任政治」的真義：它沒有別的意思，只是要求執政的人必須愈來愈有反應的能力而已。當政府的反應力不足，那就難免官民雙方都會傷到感情。

後現代的高科技示威，和以前那種警民對打的衝突不同。高科技示威不會有什麼人受傷，政府也不會面臨立即可見的危機。以寫《玫瑰的名字》和《傅科擺》等小說聞名的艾可，他乃是符號語言學家，他即稱這種示威是一種「語意學的游擊戰」。這種符號式的游擊戰發生多了，政治認知的符碼就會改變。而符碼的改變才是最可怕的改變。

高科技加上示威，後現代的台北街頭，但願一切的熱情都不是徒勞，而是呼喚出一個後現代的柔軟政府！

作者的惡意

作者的惡意，
惡意的作者，
它充斥在文學作品裡。

自從對中國歷史有了少許覺悟後，就一直為王安石這個古代改革家抱屈。王安石變法失敗未成猶屬小事，他在各種話本小說裡被不斷的描繪成「扒灰」（指占媳婦便宜）的公公，臉永遠洗不乾淨，衣著則總是邋邋遢遢的窩囊廢，甚至還不斷投胎為豬，豬皮上總有「拗相公」這三個字的胎記——「拗相公」是王安石那個時代「主流派」給他的封號，意指王安石的堅持倔傲。

這就是王安石的不幸，他的政敵是儒家「主流派」的司馬光、歐陽修、蘇軾等。他們不僅是最大的政治勢力，甚至還擁有獨一的文化霸權。他們不僅讓「非主流」的王安石在現實政治上失敗，還透過通俗小說讓他在當時的社會上以及未來的歷史裡失敗；王安石從形貌、衣著到私德一無是處。王安石的遭遇印證了一個真理：不能和主流文化人為敵，他們的致命力是永遠的復仇。那些人是惡意的作者。

惡意的作者，作者的惡意，在影響力最大的通俗小說裡是最值得注意的主題。通俗小說以未指明的大眾為潛在的讀者，因此它不能在作品裡攜帶太多新的符碼，太多新的符碼違逆了讀者的接收機制，它就無法暢銷。因此，通俗小說作者最好是不斷反芻舊的符碼，符碼必須反覆，敘事過程則要盡量冗贅複雜。既定符碼的反芻是集體記憶的塑造，當然這樣的記憶裡也包括了集體的恐懼和輕蔑。

最近，好不容易終於看完克莉絲蒂偵探小說的全部中譯，體會最深的即是作者的惡意的符碼……美國人倒未必天真無邪；中東人狡猾，經常是做小壞事如竊盜扒手的人選；大奸大壞則是德國人和法國人；並赫然發現原來克莉絲蒂居然那麼痛恨法國的居禮夫人——長得好看，又在放射線的發現上居首功，並因而獲得諾貝爾獎的居禮夫人，一定要被形容成企圖控制全世界的黑幫教母才肯甘心！克莉絲蒂的偵探小說，德法人肯定沒什麼興趣，美國人則當然愛讀。

克莉絲蒂在敘述外國人時是個惡意的作者，她的惡意是被時代制約的自覺或不自覺——我們可以想像如果她有一本書將德國人講成超級大善人，書評家或讀者不視她為叛國者才怪。讀者閱讀通俗小說希望印證並強化自己預存的判斷，克莉絲蒂不會愚蠢到和人們接收器規格為敵的程度。

作者的惡意，惡意的作者，它充斥在文學作品裡。流浪的吉普賽人，尤其是女人必然放蕩，歐洲唯一殘存的高山族巴斯克男人必屬山賊強盜；英格蘭從不好好寫愛爾蘭人，斯拉夫人必與鬼怪相連。一切的惡意都躲藏著歷史恐懼的殘骸。因此，縱使再輕鬆的文學也都存在著歷史殘剩的重量！

人・獸・蟲

嘲諷不肯定什麼，卻只是對現狀不滿，
它是一種說不出方向的批判，是一種無力感的宣洩。

俄國當今中生代作家裡最重要的維克多・佩列文（Victor Pelevin），最近寫了一本小說《人蟲變》很引起一陣討論。

《人蟲變》寫的是現在的俄國人。小說裡，有錢人都變成了吸血的蚊子，普通人則變形為忙碌的推著糞球的紫金龜，而那些下層的娼妓們則成了朝生晚死的小蒼蠅。佩列文把自己的同胞變成昆蟲，他在嬉笑怒罵中，其實所表達的乃是自己對現況的失望。

文學藝術家以奇幻見長，因而神鬼鳥獸在文學藝術中都不乏前例。但以前的變形，或者在說傳奇和童話，或者在說寓言或魔法，它們儘管怪誕，卻不乏詭異的趣味。但將人世直接譬喻成蟲和獸，譬喻裡有預言，讓人悚然而驚，則是近代才有的趨勢。英國詩人布萊克夢到自己變成豬，卡夫卡寫人變成了蟲，一群超現實畫家則用蜘蛛、蛇、貓頭鷹等來隱喻世界，歐威爾則更直接的把人都說成了農場裡的家禽家畜。他們將變形和現實之間混同了起來，人世即蟲世，人世即獸世。

將人、蟲、獸等同起來看待，沒有人寫得比卡夫卡更絕望。他寫人變成蟲，冷淡而精準，彷彿像與已無關的回憶錄一樣。當世界朝著某個方向演變，很自然的，當人某一天醒來，就會發現自己變成了蟲。蟲已不再有聲音，也失去憤怒，剩下的僅僅只是命運和回憶。

有很長一段時間，文學藝術都在講人間的希望，甚至在紙上營造烏托邦。然而，愈到本世紀後期，這種理想性格卻日益消退。當理想不再，它就讓位給嘲諷。嘲諷不肯定什麼，卻只是對現狀不滿，它是一種說不出方向的批判，是一種無力感的宣洩。當無力或出不了力已變成一種時代的症候，嘲諷就必不可免的來到。但嘲諷之後呢？

或許，將人世變成蟲世和獸世，就是繼嘲諷之後出現的預言。它是一種惡兆，甚至還可算是詛咒的宣告，它向人們提示出一種凶險的可能性正等待在前面。

八〇年代末期，日本有個小牌的漫畫家月森雅子，畫了兩冊似乎沒怎麼大紅的《世紀末神話》，用獸世譬喻人世，非常精準的預測到在九〇年代末成為事實的諸如宗教集體自毀，各種新型暴力等。月森雅子的主題和邏輯是：當人被過多不能實現的慾望喚起，人即成為獸與妖。

世界將人變成蟲，而人則將自己變成獸與妖。不屈服的在他毀與自毀間張望和拒絕，遂成為人們最後的自證！

時間的囚犯

這是個人們被禁錮的時代，急迫而又注定，
但人的頑強卻是無所等待中也寧願等待，
相信希望在終結中。

近代有兩件偉大的作品曾經發生過「獄中傳奇」。其一是貝克特的戲劇《等待果陀》，另一則是法國作曲家梅湘（Oliver Messiaen, 1908-1992）的《時間終結四重奏》。監獄已成了注解這兩件作品的主要意象。

《等待果陀》推出時，在巴黎、倫敦、紐約等城市公演，都引發廣泛的喧囂和責罵，但一九五七年十一月九日，「舊金山演員工作坊」向重刑犯監獄「聖昆丁監獄」裡一千四百名囚犯演出該劇時，他們卻正確無誤的領會到這齣戲的訊息。

當時的獄中小報有篇觀後感，可說是這齣戲最經典性的評論：「它是種象徵式的表現，以避免觀眾的個人偏差而誤讀。但作者自己也犯了錯，它未提出什麼，對觀眾也未產生戲劇化的道德效果，沒有特定的希望……我們仍在等待果陀，並將繼續等待。當舞台上演出沉悶而動作遲緩時，我們相互召喚準備離開，但哪裡有處可去。」

而當代最重要作曲家之一的梅湘，二次大戰時被俘，關在波蘭一處戰俘營時創作了《時間終結四重奏》，一九四一年一月在營內向五千戰俘首演。後來梅湘自己說：「我的作品從未被如此用心的聆聽而且被理解。」

《時間終結四重奏》多年來始終是我最珍愛的曲目之一。這是音樂史上很少有的「哲學音樂」，音樂的標題得自《啟示錄》的第十章第六節，以及莎士比亞十四行詩第十六首的起頭兩句：「你為何不藉更雄偉的方式，去向時間這個血腥暴君宣戰？」因此，它所謂的「時間終結」，不是要表達一種宗教印象，而是要用音符融解時間的延展性。作者用了一些特別的技巧，如「等節奏型」、「不可逆轉的節奏」，延長音符的時值等來表達。對聽者而言，所感受到的則是時間逐漸解消的那種惘惘的急迫，而愈拔愈高的小提琴聲音則像天梯般的給人懸滯中的希望，在戰俘營裡成為時間囚徒的聽者，不必言詮就心領神會。

兩則藝術裡的「獄中傳奇」，說的其實是一樣的故事：這些囚徒戰俘，乃是當代人裡第一批對抽象的「被囚感」的見證和預言。這是個人們被禁錮的時代，急迫而又注定，但人的頑強卻是無所等待中也寧願等待，相信希望在終結中。藝術將人釋放，「獄中傳奇」也是自由的傳奇。

你我也可以有光環

光環光圈可能是一種能夠被感知到的真實，
只是今日的我們已失去了那種感應能力。

從小到大，一直對無論哪種宗教，所有成聖成佛者頭頂上都有一個類似的光環覺得好奇。

我們民間的道教，從玉皇上帝開始，所有的神仙真人都必有頂上的光環。有些宗教繪畫更將上帝天尊整個包在一個大光環裡。《孔雀明王經》說元始天尊能放九色祥光；《玉皇十七慈光燈儀》則說玉皇普放十七光。各種光環是這些典籍的具象化。

而在佛教裡，典籍裡有關「佛光」、「光座」、「光雲」、「光輪」、「光焰」、「光瑞」、「光台」等的敘述更多，無論佛祖菩薩或尊者羅漢，在繪畫和雕塑裡也都會有光環。尤其是旃檀佛的造型最為繁複，不但佛頂有光，整個佛座也都成了一個大光台。有些佛像的橢圓形背光上還依序端坐著各個尊者羅漢。

而在西方的宗教藝術裡，從希臘時代起就已有「光圈」（nimbus），天神宙斯的頭頂是個藍色大光圈。及至基督教興起，從四世紀起，無論上帝、耶穌、聖母或者天使，也都頂有「光環」（halo）。中古以後，宗教繪畫裡甚至將羔羊和鳳凰也加上光環。有些中古的木刻畫和書籍插畫，則將光環畫得層層疊疊，並加上火焰狀的外緣。至於聖母，更發展出一種整個形體被包裹在「橢圓形光環」（mandorla）裡的表達方式。

無論東西方的宗教，對頂上光圈光環，在造型上都如此相似，而且代表的意義也接近相同。光圈光環是一種榮耀的標誌，也是超過常人智慧能力的一種表徵，頭上有光環的乃是超越現世的人物，因而祂是「神」是「聖」。在拜占庭的宗教繪畫裡，撒旦由於擁有大能，也被加上光圈光環。

一千多年來，人們受到宗教藝術光圈光環的影響，早已習慣性的視之為偉大的標誌和象徵。然而，光圈光環只是象徵而已嗎？由近代半科學半神祕學的研究，尤其是特殊攝影術對各種生命體所拍攝的照片，它顯示出一切生命體都有其能量場，而這種能量場的圖形的確與宗教藝術裡的光圈光環甚至光焰相類似。這也就是說，長期以來，人們始終認為是一種「象徵」的光環光圈，可能並不只是象徵而已。光環光圈可能是一種能夠被感知到的真實，只是今日的我們已失去了那種感應能力。以前的人所感應到的以宗教藝術裡光圈光環的形式留存了下來，我們卻以為那是虛幻的象徵，而非真實。

或許我們真的應該去相信光圈光環的存在，它的存在證明了人除了是一團血肉和慾望之外，還有另外的境界，而聖人亦不虛妄！

一名癲癇兒童之死！

讓我們談談病痛吧！
去平靜不相干的無效幻想。

穆罕默德、馬丁路德、杜斯妥也夫斯基，這些偉大的名字都是癲癇患者，由杜斯妥也夫斯基的書信，我們知道他在發作時「痛不欲生」，但天才和癲癇之間不必然的關係，卻總會予人美妙的聯想。

波特萊爾死於梅毒，莫泊桑、龔古爾也都分別染患梅毒。十九世紀末到二十世紀初之間，對某些人而言，梅毒和高度的心智活動遂被畫上了符號關係或因果線。蕭沆（Emil Cioran）曾回憶說，一九二〇年代他在羅馬尼亞的少年時期，就痴心盼望也能得到梅毒，輝煌以終其一生。

這些都是偉大的「過度解釋」。人們生存在這個世界上，總是不斷的在尋求「解釋」，於是，針對偉大的人物，就有了偉大的「過度解釋」；然而，這種偉大的「過度解釋」卻不會垂青到凡夫俗子的我們身上，於是就有了另一種歧視的「過度解釋」：人們恐懼的選取各種隱喻符號，將不希望發生在自己身體上的事物歸類，在歸類中進行排除和追求意義及心安。恐懼、沉澱在集體記憶深處的恨意，幸好不是我的僥倖，就都在這樣的「過度解釋」裡被嵌合了進去。

從古羅馬對待痲瘋患者開始，差不多的疾病都難逃這樣的命運，患者被宗教式的倫理學和世俗美學所驅趕，而「過度解釋」又和現實的權力相結合，更增強了這種驅趕的力量。「美——醜」、「潔淨——骯髒」、「正常——不正常」，人類企圖在驅逐一切不要的事物中建造不可能實現的樂園。

因此，痲瘋是「邪惡的」，是「上帝憤怒的印證」；各類流行疫病是「道德的敗壞結果」，是「窮人生活骯髒所造成的瘴氣」，是「外來人口要消滅我們的陰謀」；愛滋是一種「天罰」；各類精神奇特的行為是「瘋子」，瘋子必須關起來。

每當一種新的疫病出現，人們幾乎一定會用「軍事隱喻」來談論這個疫病，它彷彿是入侵的異形，我們要不惜一切代價的將其擊退。蘇珊．桑塔格在《愛滋及其隱喻》這本小書裡就指出，當我們用各種隱喻來談論這些不欲的疾病或什麼時，它只使罹患者超載了不必要的重擔，更加恐懼和怨尤，「老天啊，為什麼是我？」而一般人也就因此而少了對不幸者的真正關心與同情，在「幸好我沒有」的寬慰裡潛藏著最深的殘忍。尼采曾經說過：「讓我們談談病痛吧！去平靜不相干的無效幻想，準此，他至少可以不必承受比病痛本身更多的痛苦。」這句話豈止是對患者說的，更是對其他每一個人說的。

人們總是很「理性」的談論著別人的病痛，在談論中使用各種隱喻的概念。亞里斯多德在《詩學》裡說過隱喻，「它是給事物一個不屬於它的名字」，於是，談啊談的，事物也就變成了不屬於它本來的樣子（something-it-is-not），患者除了本來就已痛不欲生的重量，還要加上另外的負擔。

小時候曾見過路倒的癲癇患者，小孩子用腳踢著看是不是死了，有的大人趕忙將自家小孩拖走，怕被傳染似的說：「看什麼看，羊癲瘋！」人人有奇怪的眼光，卻無任何援手，有人說：「他的血不乾淨」，鄙夷的憐憫，幸好我沒有的另一種冷淡的同情！患者承受了過多他們不應當承受的。

一名癲癇患者小學童投繯，滿篇的報導不忍卒睹，只能記下自己久久難止的這些嘆息！

巫婆的鍋裡沒有寬容

從不寬容到寬容，
血淚交織的歷史已經篩選出來的答案並非答案。

許多人都知道，七十年前有個美國通俗歷史作者房龍（Hendrik van Loon）寫過一本極有影響力的書《寬容》，但有興趣重讀該書的恐怕不會太多。更多的人只寧願將該書的書名當作符咒似的武器，相互指責對方的不寬容。於是，就在大家都在談論「寬容」時，它反而隨著我們的談論與指責而一點點的失去，由「寬容」的容易失去，反而證明它其實是一種易碎的奢侈品。

「寬容」是一種奢侈。房龍就說過：「寬容這個詞從來就是一個奢侈品，購買它的，只會是智力非常發達的人，這些人從思想上說，乃是擺脫不夠開明的同伴們之狹隘偏見的人，看到整個人類具有廣闊多彩的前景。」由於智力非常發達的人自古稀少，於是，「現代的不寬容就像古代高盧人一樣，可以分為三種：出於懶惰的不寬容，出於無知的不寬容，和出於自私自利的不寬容。」一路不寬容下去。

因此，以《寬容》聞名的房龍，儘管他可以一一舉述由不寬容到寬容的過程，但對未來的寬容他卻異常的悲觀，「它可能需要一萬年，也可能需要十萬年。」

寬容是種艱難的東西，由房龍的《寬容》就讓人想到另一個更偉大的思想家洛克（John Locke）的討論寬容。洛克是近代西方主要自由思想的先驅。他至少有五篇長札討論寬容，對當時的宗教及政治社會改革發揮過重大的啟蒙功能。但就在他暢論寬容時，卻突然跑出了如此不寬容的句子：「凡是否定上帝存在的人，是根本不應該被寬容的。信用、守分、誓言，這一類人間社會的約束，對一個無神論者，便全然無效力。即令只是在思想上不認為有上帝，這些就一概被掃除了。」洛克的〈論寬容〉長札乃是人類知識成長的重要遺產，但他在向既得利益的教會索討寬容時，他卻吝於將寬容恩賞給無神論者。洛克〈論寬容〉裡所顯示的不寬容，清楚的說明了「寬容」這個概念的局限性。「寬容」是個烏托邦。

因此，當房龍說：「人們的任務就是友好地相處，任何人也無權把自己視為完美無缺的信念讓別人遵行，無權宣布我比其他任何人都好和自認掌握真理。」當伏爾泰說：「我完全不同意你的意見，但誓死保衛你表達意見的權利。」這些已成了傳奇的名言，對這個世界的不寬容其實都毫無助益。不寬容並非單純的倫理問題，而是在歷史過程中被形成的倫理問題。野蠻的時代就會有野蠻的不寬容，革命時代就會有革命的寬容。從不寬容到寬容，血淚交織的歷史已經篩選出來的答案並非答案。對此，房龍倒是作了最誠實的回答：「我們必須誠實，我們沒有答案。」

由於寬容乃是歷史的過程。因此，只在寬容與否之中爭論，是不可能有答案的，它只會愈爭愈不寬容。想要擺脫不寬容，唯一的方法就是跳脫不寬容賴以存在的歷史情勢，讓人們看到「廣闊多彩的前景」。沒有這樣的前景，怎麼會有寬容？

不寬容與心靈何干，只不過是走不出新路來的歷史情勢及恐懼在擠壓著不寬容而已。台灣變成了一個「巫婆的大鍋」，滾動著色彩斑斕的詭譎岩漿，這口鍋子才是一切的關鍵！

暴力在語言中

暴力無所不在，它在語言中，
在字辭裡，語言誘惑著行動。

「一個垂死的文化摧毀了所有它觸及的東西。語言是第一個被摧毀的。沒有人能夠再以言辭真正的溝通。言辭已失去了它情感激盪、親密關係，以及震盪和做愛的能力。語言阻止著溝通交流。汽車愛殼牌。當我聽到『汽車愛殼牌石油』這樣的言辭後，我怎麼可能再說『我愛你』！有沒有人了解我所說的？控制黑人被說成『法律和秩序』，偷竊則叫做『資本主義』……但在美國仍有一個字未被摧毀。這個字仍維持著它的感情力量和純淨。美國不能摧毀它，是因為不敢用它。它是英語裡殘存的最後字辭。『幹！』」

以上這段言辭，出自六〇年代美國青年反叛領袖之一的傑瑞．魯賓（Jerry Rubin），這段文辭貌似嬉笑怒罵，其實卻有深意在焉。

語言乃是人們思考、敘述、交流的媒介，因此，它是溝通的基礎架構。然而，隨著時間以及社會內容的增加，語言的局限遂也出現。傑瑞．魯賓指出，六〇年代的西方，商業的廣告文辭、國家機器以及政客們詭辯式的修辭，已徹底的蹂躪了語言的指涉以及字辭間的相互關係。明明是「恨」，卻顛倒錯亂的講成了是「愛」；只不過是廣告的行銷，竟也變成了「愛」。當「愛」已被糊化，這時候，我們就再也不知何謂「愛」。當「正義」變成「邪惡」，而「邪惡」卻又成了「正義」，我們就再也不會表達何謂「正義」或「邪惡」。錯亂的語言阻撓了人的溝通與交流。於是，六〇年代的反叛青年們遂開始大量使用新的口語，並以口語寫作；而同時則使用各種粗鄙字辭如「幹」、「×」等刻意的去嘲諷顛覆舊語言。

不過，英國約克大學教授奧尼爾（John O'Neill）後來分析道：這些反叛青年固然理解到舊語言糊化的錯亂，但他們的憤怒也未重新設定在另一種語言及字辭的架構中，於是也就造成了憤怒無所依歸的漫流，「革命」與「犯罪」沒有兩樣的結局。這也就是說：思想、語言、行動三者之間，存在著邏輯上的整體性。

也正因此，當我們使用「善」這個字辭，由於「善」是習慣的「善」、「惡」二元對立之中的一個端點，這時候，我們就必然的會去搜尋「惡」的對象；當我們自視為「忠」，由於它是「忠」、「奸」二元對立的端點，於是我們也就必然會竭盡全力去搜尋「奸」的對象。二元對立，區分敵友，通常是權力統治者實用性的運作邏輯，但它是如此長久的存在著，早已被洗入我們的腦海中，於是由古至今，這種搜尋對立面的對象，用以肯定正面的我的悲劇也就永恆的上演著。悲劇早已注定，它注定在我們選擇語言與字辭範疇的那個時候。搜尋對立面的對象，肯定自己永遠無法定義的正面，最極端的例子就是法國大革命時候的羅伯斯庇爾：他先將敵人送到斷頭台，而後一路搜尋外圍同志，內圍戰友，一個個都在搜尋中變成了「奸」。也正因此，當代法國學者布希拉（Jean Baudrillard）遂有一篇短文說：找尋相同，最後造成的反而是「相同的地獄」。因此，暴力無所不在，它在語言中，在字辭裡，語言誘惑著行動。最近剛剛去世的當代大師卡爾・波普爾（Karl Popper）對語言最為謹慎，認為語言中潛存著災難，他說對了！

背叛與懺悔之間

對於那未曾發生的部分，
當然也就成了人們各種想像的空間，
可以在想像中原諒自己。

尼采曾經說過：當一個時代結束，背叛即會無所不在，人們為了要變成今日的英雄，於是就拚命搶著去謀殺過去。歷史裡多的是背叛，少了的則是懺悔；而在背叛與懺悔之間，則充斥著各種人間戲劇。七月二十日，德國舉國歌頌五十年前意圖暗殺希特勒未遂的史陶芬堡將軍（Claus von Stauffenberg），就讓人不由得想起了尼采的話語。

一九四四年七月，希特勒的軍隊已在史達林格勒挫敗，官兵陣亡十五萬人；而同時盟軍的諾曼地登陸也告成功，德國敗亡已是旦夕之事。於是，史陶芬堡將軍的刺殺希特勒案遂告出現。擔任德國本土防衛部隊參謀長的史陶芬堡，利用與希特勒開會的時機，以手提箱帶定時炸彈入場。當場炸死希特勒參謀二人，重傷大約六人，而希特勒本人則僥倖逃過大劫。

炸彈刺殺未遂後，史陶芬堡當天即被處死，其他一千參與者也都於當天或稍後被殺。由於這起事件造成的震撼，希特勒遂在軍中展開整肅，例如著名的隆美爾元帥即被迫服毒。這起「刺希案」強化了希特勒的臨終危機感與狂亂。納粹大舉屠殺猶太人，多數都發生於一九四四年九月之後。

於是，各種不同的解釋遂開始出現了：

有人認為這起「刺希案」是重要的。如果史陶芬堡將軍當時幸而成功，則會加速德國的投降；那麼，往後而死的兩百萬軍人，三百萬猶太人即可免於一劫。而德軍快速投降，俄國紅軍準備不及，後來紅軍占領東歐，瓜分柏林的半世紀悲劇也將不致發生。在這樣的解釋下，區區史陶芬堡儼然成了令人惋惜的大英雄。「我們也有反納粹的大英雄」的新記憶被突出，就在這種新記憶裡，當年德國人幾乎絕大多數都支持或同情希特勒的記憶遂被逐漸淡忘。史陶芬堡合法化了德國人記憶的背叛。甚至於還可以說，他的被偉大化，其實只不過是現在的需要。現在決定著過去。

而史陶芬堡「刺希案」真的那麼重要嗎？第二次大戰到了後期，德軍敗象漸露，一九四三年美國羅斯福總統宣布對德策略，只接受無條件投降，羅斯福的策略被邱吉爾、馬歇爾和艾森豪等人反對未成，強化了德軍「退此一步即無死所」的最後掙扎，團結掙扎的德軍會因為希特勒之死而加速投降嗎？第二次大戰期間，德國人絕大多數均支持或同情希特勒，無論軍中和民間的抗納粹運動都極薄弱，包括史陶芬堡將軍在內的反納粹軍人更為勢弱，他們能改變時代嗎？反納粹的少數軍人和史陶芬堡等，幾乎均為普魯士貴族，他們不在德軍入侵捷克和波蘭時反希特勒，也未在納粹開始屠殺猶太人時反希特勒，而是在史達林格勒潰敗後才反希特勒，他們的「反」並不站在人道立場，而只求德國免於徹底的敗亡，如此而已！第一次大戰，德國失敗，迅即再起，因此羅斯福堅持非無條件投降不可，或許他反而是正確的一方。

由於歷史只有一次，對於那未曾發生的部分，當然也就成了人們各種想像的空間，可以在想像中原諒自己。史陶芬堡變成英雄，代表的就是這樣一種遺忘與對記憶的背叛。然而，就在德國人盛讚史陶芬堡的歡樂裡，我們所聽到的卻只是那在幽暗地獄的猶太人啾啾鬼聲！

崇拜撒旦！

對每一個人，在每一個時刻，
都有兩種並存的力量，一是走向上帝的力量，
另一則走向撒旦。

法國詩人波特萊爾，在札記裡有許多次談到魔鬼撒旦。他說道：

如果不假設人的外面有一種干擾的邪惡力量，我們就無法了解某些惡質的行為和思想。我對這點經常都很著魔。

對每一個人，在每一個時刻，都有兩種並存的力量，一是走向上帝的力量，另一則走向撒旦。向上帝呼喊的靈性是人向上攀爬的慾望，投向撒旦的肉慾，則是向下墮落的快感。

於是，他遂寫了一首〈撒旦連禱詩〉。他說撒旦是「被命運出賣，也被剝奪了讚美的神」，是「放逐的君王，偉大錯誤的被害人」，是「人們悲愁所繫而親切的治療師」，所有的不幸者和苦惱的人，例如瘋瘋病人、失歡的老情婦、死囚、夢遊病人、娼妓以及賤民，都在撒旦硝石及硫磺的烈焰裡得到了慰安。

波特萊爾在讚美撒旦中合理化自己的頹廢與墮落。後來的沙特對這首詩如此解釋：波特萊爾是個靈魂被善與惡糾結，以至於完全找不到出路的悲慘之人。他在讚美撒旦的同時，其實是在替所有進不了上帝國度的不幸之人發抒怨恨。當所有的不幸者都在呼喚撒旦中得到安慰，地獄人滿，天堂常空，這樣的天堂也就失去了光彩。

波特萊爾以一種非常詭譎的方式讚美撒旦，而前代諾貝爾文學獎得主，義大利詩人卡爾杜齊（Giosué Carducci, 1835-1907）所寫的《撒旦頌歌》就更使人咋舌了。這首長達二百行的詩歌裡，撒旦被頌讚成了報復的巨靈，它所要報復的乃是整個時代的理性變成不理性。撒旦駕著火戰車縱橫萬國之上，在山海間奔馳散發著另一種消息。

當代最傑出的女神學家，普林斯頓大學宗教學教授帕格爾斯（Elaine Pagels）前年寫了一本《撒旦的起源》論說撒旦這個符號的源起和發展。我們人類並沒有「發現」撒旦，只不過是「尋找」和「加工製造」著撒旦。當我們愈製造撒旦，撒旦也就愈多。而神的真義不能是這樣的，當神或自居為神者不加大自己的臂膀，去溫暖的擁抱更多的人，撒旦就會在祂的臂膀之外滋長。

因此，世紀末的此刻，當城市變成妖獸城市，當政治變成詛咒機器，撒旦崇拜症遂在人們的心裡漸漸燒起。撒旦崇拜是一種徬徨的著魔，是天國燈火漸漸黯淡後的模糊，是「等待果陀」之後的轉向。撒旦崇拜其實只不過是另一種方式述說著等待上帝的故事！

不易清醒的罪惡之夢

在占有中毀滅，
也只有在毀滅中他們始能占有。

這是個讓人無奈且傷心的時代。我們為暴力以及性蔓延覺得無奈，更為一個個犯法者居然都能毫無罪愆之情而感到傷心。這是個罪惡彷彿已取得了合法性的荒謬及殘酷的時候，反社會已成為罪之最大。

罪惡正在改變。以前因果對象清楚的情殺仇殺早已失去光彩，虛無式的暴力則躍居主流並經常與性侵犯並行。以前的人無論因為貧窮或憤怒，會到果園中偷摘蘋果，而現在則是偷摘蘋果時也一併要將整個果園全部毀滅。只有毀滅，始能永遠真正的占有。

因此，罪惡的新浪潮日益令人難以忍受。現在的罪惡愈來愈像是一種補償式的權力耽溺，犯罪者在對別人的施虐中讓自己肯定自己，這些惡人乃是沒有尊嚴者用暴力意圖恢復自我尊嚴的族類。他們自己先成為非人，而後要讓所有的別人也都成為非人。

而這一切都起源於現在人的倦怠與心靈破碎。由於倦怠和破碎，他們已看不到或拒絕看到社會實體。沒有了實在，人們就不必努力費心的去參與這個社會，而不參與的疏離則將人們的本能推到另一個想像的極端，並在這樣的想像中走向暴力和性侵犯。他們在暴力中發洩不滿與製造認同；也在暴力和性侵犯裡肯定自我。暴力和性侵犯搭建出人們自認為權力能掌握住的世界。近代的犯罪學研究早已發現到殺人及強暴犯的共同心靈構造：他們無法也拒絕進入真實的世界，遂用自己的暴力製造著自己能夠安心主宰的虛構世界。暴力的想像被推向極端，有許多殺人及強暴者都會說：他們只能在使用暴力迫使別人屈從時才有權力的滿足與高潮，逐漸的，這種暴力成為一種驅動他們的本能，他們已無法停止。這是「想像式的占有」，在占有中毀滅，也只有在毀滅中他們始能占有。它已將世界推往一個令人戰慄的方向。

美國的心理治療師戴里佛（Paul De River）說道：性侵犯與暴力蔓延，惡人獲得的不是發洩上的滿足，而是一種權力感的興奮。犯罪的權力耽溺，其實和政治的權力貪慾是一樣的東西。它們都是人的夢魘，而這個夢魘正籠罩我們的上空。

世紀末的倦怠與心靈破碎，世紀末的慾望橫流。沙特說過，犯罪者通常也都是被自己犯行折磨的受害人，只有重建不是犯罪的自我認同，始有可能脫離犯罪循環圈。犯罪是夢魘，「我們必須知道自己做夢，始能接近清醒」，但這個夢真的那麼容易就解除嗎？

一切復歸倫理學

宏觀的社會變遷裡有一個鐵律，
那就是價值的創造性騷動到了後來
必將讓位給倫理學來作檢證。

倫理檢證（nomoscopy）是個尚未被編進字典裡的新辭，它的意思是：將一切新生價值和新的主張放到規範和習慣的倫理層次來加以檢視和過濾。這個新辭的出現是一個徵兆，預告著西方在世紀末之前將漸趨沉寂。

這是天下事亂久必定，定久必亂的道理。西方從一九七〇年代開始，即進入百家爭鳴、多元並起的新階段。它由批判學派始，而後陸續是結構及後結構，再到文化研究、認同政治、後現代、後殖民、多元文化主義，一路就這樣高潮起伏的跌宕走來。百家爭鳴和多聲交錯意味著每一種人都有話要說的喧鬧，也意味著社會的文法管不住社會內容後的混亂。

因此，百家爭鳴是件好事，它顯示出許多新的東西在那裡蠢蠢欲動。然而，一切的新固然值得盼望，但無所歸棲的新在四處縱走，每個都在那裡說它的道理，卻也難免讓人覺得沉重和疲憊，甚至還會有決堤的憂懼。新的東西最後必須在倫理學的檢視下沉澱與過濾，讓它固定下來成為體制裡的一環。倫理學的復歸是運動過量後的準備休息，二十多年的喧譁，人們已渴求清靜。

要求清靜的渴望在世紀末的混亂喧鬧中逐漸登場，顯露出了人們在持久亢奮後的倦怠，以及長久喧譁後新事物創造力的漸趨停滯。二十多年來大家都有話要說，說到今天該說的都已說完，剩下的只不過是反覆，甚至變成說話者說給自己聽的獨白。以前，人們為了要改變現狀而自我呈現新的事物，但到了今天，它已在習慣中變成新的老套，無法再激起嚮往。有些新的主張甚至還激烈的是一種現在的人還不可能接受的幻想，它只會打敗自己，它是樂隊演奏時走失掉的滑音，讓人的耳朵在驚愕裡變得勞累。

宏觀的社會變遷裡有一個鐵律，那就是價值的創造性騷動到了後來必將讓位給倫理學來作檢證。它要把所有在高空飄浮的新聲音和新主張拉回人間來一一檢查，放在歷史及律法的脈絡下進行篩選。有些新可以用來填補社會的漏洞，成為價值重編後的一部分，有些新則難免來自虛空也去向虛空。重編是疲憊後的暫時休息，休息是為下個世紀走更長遠的路。

西方在世紀末的此刻興起「倫理檢證」這個新的題目，代表了變與定之間的辯證性滑移。但回頭看我們自己，則大概還沒到這樣的時候，我們仍在變動方殷的漩渦裡，還不到倫理學登場的時候。

卷四

張望永恆

與你甘美的靈魂，也是我的
如水與酒般相拌合。
當我們使它相混
誰還能讓它再分？
你變成了更大的我
就不再有任何狹小能將我們所限。
……

——神祕詩人賈拉魯丁（Jalaludin）

「希望」使人變成「奇蹟」

當一個人有了「希望」，就會使他與人完全不同。
當他在「希望」中忙碌，他已走出了世紀末。

最近閒逛書店的文具部，赫然發現裝釘成冊，可以撕下來當明信片用的威廉．莫里斯（William Morris, 1834-1896）的圖案裝飾畫集。對喜歡蒐集莫里斯作品的我，這算是另一次小小的驚喜，尤其是在世紀末的此刻。

多年以來，我始終對威廉．莫里斯有特別親切的好感。不但讀他的詩、他的小說和政論，也讀別人寫他的傳記，蒐集他的圖案畫冊及藏書票和明信片。對威廉．莫里斯特別好感的原因，在於他是這個世界上少有的奇蹟。他一人而兼詩人、作家、翻譯家、反對政治運動家、畫家、家具設計家、成功的商人。這樣的人直可謂古今罕見。縱使逝世已逾百年，倫敦專門收藏他的圖案畫的「維多利亞和艾伯特博物館」，每年單單賣他的圖案織品和其他手工藝品，仍可達到一億英鎊的營業額。

上個世紀末，英國國勢鼎盛，人才輩出，威廉．莫里斯即是其中的佼佼者。他出身富商之家，又是牛津大學高材生，但卻一點也不保守反動。他繼承了浪漫主義的文化藝術及反抗精神，不但在詩歌、小說、繪畫及家具設計上卓然有成，更是人權及勞工運動的激烈領袖。他所寫的幾部烏托邦文學作品，如《烏有鄉消息》《希望之旅》《夢見約翰巴爾》巴已成為經典。在圖案裝飾畫上，他的成就極高。他總計完成四十九幅壁紙圖案、五幅天花板圖案，皆繁複美麗。有幾幅華麗得相當有東方風味。直到如今，在諸如壁紙、織品、陶瓷、家具布料等方面仍被使用，據說日本人對他的圖案最為喜愛。

威廉．莫里斯是人類史上的奇人，九六年他的百年祭，英美皆為他舉辦大展，稱他為「一個人當十個人用」。他活在世紀末，但他的一生裡絲毫也看不到一點世紀末的頹廢或消極的風格，反而是要用樂觀進取的態度來讓世界變得更加公平美好。他的成名詩集《塵世樂園》就是這種積極精神的代表。詩集由二十四首組詩構成，敘述心靈在荒廢世界裡的漫遊，最後用對未來的希望克服了生命的無意義及死亡意志。「希望」不管多麼的縹緲久遠，也總勝過頹唐自棄。威廉・莫里斯的一生就是「希望」。「希望」使他變成人類裡的一個奇蹟。

威廉・莫里斯是富人，但卻是替窮人代言的最大反對派；是文字藝術家，卻又要以愛和行動來改造世界。他翻譯荷馬史詩，也組織大概是歷史上第一個古蹟保護組織。當一個人有了「希望」，就會使他與人完全不同。當他在「希望」中忙碌，他已走出了世紀末。

當心靈玷汙，遂有了崇拜

當人活在世界上，覺得生命的意義逐漸稀薄，他們就傾向於藉著新的「神祕崇拜」來尋找意義並替自己定位。

世紀末的此刻，由於心靈的害怕孤單，人們難免要在媚俗中讓自己跟隨潮流；又因為諸事都不確定，人們遂開始追逐起神祕，期望藉此而聆聽到神諭，媚俗加上神祕，甚至連大學為了招攬學生，也都玩起從星座來選系的遊戲。

對於神祕，我們既無話可說，同時也最束手無策。神祕沒有經驗上的因果關係，因此一切的知識都必須在它的門前停止。神祕是信仰，它無關乎真假。神祕也是一種對生命的態度，它很難說有什麼好或不好。

對於「神祕崇拜」的盛行，許多人義正辭嚴的斥之為迷信，我倒不願做如此之想。前輩思想家埃里亞德（Mircea Eliade）對當代星相占卜大盛有過與人完全不同的說法，他認為「神祕崇拜」盛行，顯示的乃是人們尋找意義的殷切。當人活在世界上，覺得生命的意義逐漸稀薄，他們就傾向於藉著新的「神祕崇拜」來尋找意義並替自己定位。儘管「神祕崇拜」不是尋找意義的一種好選擇，但它比起什麼都不相信，什麼都無所敬畏的貪婪和粗暴，卻已好了太多。

在星相占卜裡尋找意義，表示這種人至少還相信頭頂上有一種神祕的力量。他的迷信裡潛存著知所畏懼之心。他是在用依附於外在符號的敬畏，指導自己。他可能被神棍藉機欺騙，也可能沒格調的妄圖向神祕的事物屈降、供奉、或交換，但他們不是奸惡之徒，也不可能做出奸惡之事。

這時候，就讓人想到另一種更有說服力的說法了。那就是「新時代」（New Age）信念系統裡的觀點：我們每個人原本都有一顆能愛、能感、能想的心靈。由於能愛，我們和眾生親若家人；由於能感，我們遂能長保喜樂；由於能想，我們遂能在世界裡不被蒙蔽。然而，現在的人這顆能愛、能感、能想的心靈卻早已被玷汙，「當心靈被玷汙，信仰和崇拜遂告出現」。我們要用外面的神來救自己裡面的心。問題在於心靈原本開放能容，外在的神祕怎麼可能救得回它的失去。因而我們也就更加焦慮了。

因此，星相占卜的「神祕崇拜」其實是非常可憐的卑微行動，它彷彿波濤裡人們緊抓著的葦草，人們明知它無法將失去的心靈救回，但無物可抓，有葦草卻已勝過一無所有。人依靠意義而存在著，失去意義的不安已成了一種恐怖。

當心靈被玷汙，遂有了崇拜。這也反證了神祕崇拜的徒勞。在哪裡失去的，要在哪裡找回。關鍵仍在找回失去的心！

焦慮的火，燒出了預言

在這個已不再有先知的時代，
焦慮推動的預言已接替了他們留下的位置。

一八四三年年初，美國的米勒（William Miller, 1782-1849）預言：在一八四三年三月二十一日至翌年三月二十日的一年內，任何一天都可能是世界末日。

在這一年裡，美國為之癲狂。他的信眾也急速暴增。但人們焦慮的亢奮卻隨著一年期滿而落空，於是他承認計算錯誤，並將這一天修正為一八四四年四月十八日，接著又再修正為一八四四年十月二十二日。連續幾次都計算錯誤，最後他在一八四五年宣布自己全都搞錯了，跟著信眾瓦解，淪為近代信仰史裡的一則笑談。

同樣的故事，本世紀初又再出現。羅素（Charles T. Russell, 1852-1916）最先預言一九一四年是世界末日，預言失效後又修正為一九一八年。由於他未活到這一年，於是他的徒弟盧瑟福（Joseph F. Rutherford, 1869-1942）在第二次不準後，又修正為一九二五年。三次預言、三次失靈，這個小教派從此即三緘其口。

這兩起世界末日的預言，都是近代信仰史上的大事。當一個小教派或信仰團體出現，它的魅力領袖即注定會使它一步步成為異端。異端是小團體的自我標識，異端也是魅力領袖的自我被焦慮之火燒出來的結晶；它像個骰子，被擲進信仰賭局的輪盤裡。異端呼喚著異端，焦慮號召著焦慮，在每一個倥傯慌亂的時代，變成一則則詭異的傳奇。

因此，奇怪的預言都起源於焦慮。我們每個人都有過焦慮的經驗，那是一種非常獨特的亢奮，它使人不知疲倦的坐立不安，各種期望和恐懼都像畫片般一一閃過，拼湊出難以解釋的圖象。焦慮的人在錯亂裡已無法辨識虛與實的分際，焦慮也會讓啟示和幻想變得混同迷離。在這個已不再有先知的時代，焦慮推動的預言已接替了他們留下的位置。

何年何月飛碟會來臨？何日何時會世界滅絕？看著那些旋起旋滅的預言，其實預言本身已失去了意義，真正重要的毋寧是預言背後的那些焦慮。先有恐懼，而後有擺脫恐懼的願望，在這兩者的張力關係裡遂有了焦慮的棲息。現在的人究竟在恐懼什麼？希望什麼？當人們不再恐懼，預言也就會失去它的魅力。

因此，每當看著又有人在那裡像賭徒般的預言著骰子滾動的方向，我總是心生憐憫。人之患，患在自我的過於龐大，因而將自我以外的一切都驅逐了出去，最後遂只剩孤獨的慾望和讓慾望能夠安身的預言。當預言不過是慾望的投影，這樣的預言又有什麼意義？

犬儒：熱情的徒勞

犬儒多多少少也可算是一種懶惰和媚俗，
它在懶惰中為自己找藉口，
在媚俗中將可能增進的大聰明變成小聰明的賣弄。

西元前四世紀左右，馬其頓的亞歷山大大帝征服了希臘，在那個鬱卒的時代，遂出現了以第歐根尼為首的「犬儒學派」。

「犬儒」是一群生活如狗的儒生。他們可愛之處在於絕聖棄智，追求自然的真誠。因此，當亞歷山大大帝慕名往訪並答應他任何願望，第歐根尼的願望竟然是：「走開，不要擋到我的陽光！」他也經常白天打著燈籠在市集閒逛，說是「要在黑暗的世界找真人」。但「犬儒」的可惡之處，則在於他們鄙夷一切章法和規範。他們會對討厭的人當面撒尿，會當街手淫或性交以反叛禮俗。他們的諷刺表現法經常尖刻惡劣到讓人無法消受。

「犬儒」即是嘲諷的起源。他們代表了某種苦悶時代讀書人的懷抱。時代的無路可通，使得一切熱情都在無力感裡被熄滅，最後就只剩下冷冷的尖酸刻薄。犬儒們只看到了壞，但他們卻找不到好。因此他們只好說反話及做反事來凸顯各種壞的事物。犬儒代表了熱情的徒勞，也代表了聰明的浪費。犬儒是聰明人的特權，愚蠢的人沒有犬儒的本錢。犬儒也是無政府主義的祖先。

每個時代有每個時代的犬儒。戰後的犬儒出現在一九六〇和七〇年代。反體制知識分子無所不為，有人潛入白宮草坪當眾性交，以示對美國體制的鄙棄；有人抱小豬遊行，將豬比成政客；到了九〇年代，犬儒更成為大眾文化的一種重要元素，從電視電影電台，到流行歌曲、文學創作都以犬儒式的嘲諷為重心。這個世界上沒有什麼人是值得尊敬的，也沒有什麼事值得獻身。以前的人多數都忙著尋找真實，現在的人則是最好的頭腦都忙著在解構真實裡炫耀他們的聰明。犬儒是聰明人的憂鬱。插科打諢、嬉笑怒罵、懷疑加上諷刺已成了讀書人的本業。犬儒的嘲諷，犬儒的頹廢，已成新的時代精神。而當犬儒的什麼也不相信跨過某條看不見的界線，它就可能變成「有什麼不可以」的犬儒式憤怒和狂亂。

世紀末的犬儒當道，一切的熱情都走到了它的反面，這時候就想起了以前的哲學家巴斯噶（Blaise Pascal）說過的話：「一切好的原則都在歷史的潮流中，只是我們忘了去把它付諸實現。」因此，犬儒多多少少也可算是一種懶惰和媚俗，它在懶惰中為自己找藉口，在媚俗中將可能增進的大聰明變成小聰明的賣弄。因此，何必犬儒？毋寧更應找回失去的熱情！

暴政的假面

當凶手也都可以變如此自鳴正義，
這個世界還有什麼是不能做的錯事？

詩人雪萊曾經寫過一首長四十一行的〈暴政的假面〉。開始的時候是凶手、詐欺者、鄉愿等陸續登場，最後的十二行則寫暴政：

暴政終於來到，
它飆騎在白馬之上而蹄濺紅血
它的蒼白甚至到了唇邊
恍若啟示錄的死亡之神

它頭戴有若王者之冠
手中則是閃亮的權杖
在它的眼簾有如此字樣——
我是上帝、諸王和律法
步履堅穩迅捷
它疾掠這塊地方
一路踏向膜拜眾生獻祭的
血色澤沼。

雪萊的〈暴政的假面〉和葉慈的〈二度降臨〉，乃是英詩裡描寫世界混亂、中道難守，以至於無事不可為，最後則血河滂沱的兩篇經典作品。事物的到來都因果歷歷，當欺詐鄉愿到來，野蠻狂亂的跫音即已不遠；當中道寂寞無聲，死神就已在門外伺候。中道沉淪，反而是一切邪惡都有了自我合理化的理由，因此像陳進興也開始洋洋灑灑的為自己辯護起來。陳進興的信是惡人的告白，是恐怖報復主義的祖露。什麼樣的時代會有什麼樣的犯罪；什麼樣的時代，也會有什麼樣的「文件」。陳進興的信已成為一個「文件」，它已注定將成為這個混亂無能，諸神交戰，信口雌黃，凡事皆有理的荒誕時代的血腥證言。

看著陳進興的信裡所說的：「我不會輕易死，但社會將付出的代價，不是我能想像的。」「當我從容赴死的一刻到時，也就是風雲變色，火山爆發之時，請大家不要怪我。」當凶手也都可以變得如此自鳴正義，這個世界還有什麼是不能做的錯事？

這就是台灣滲透到骨子裡的悲哀。它已變成任何人做任何事都有了理由的地方。俗民在暴政的氣氛下享樂，政客們在暴政的氣氛裡玩弄著各種語言遊戲，而凶手們則在暴政裡對真正無告的大眾進行脅迫。每個人都有一個虛擬的暴政世界，但由陳進興的信，卻讓人感到它的恐怖正悄悄到來。

編註：

陳進興，在一九九七年間犯下多起綁架、殺人、人質挾持、強盜及性侵害案件，甚至綁架知名藝人白冰冰的女兒白曉燕。一九九九年遭槍決伏法。

活該他是名人？

「名人文化」的時代，
有名的人應當對自己能成為
好惡交集的中心覺得欣慰並警惕。

閱讀但丁的《神曲》，如果也能兼顧歷史的考證，就會發現但丁的寫作實在狠心至極。他將所有當時的政敵和討厭的名流都推下了地獄；對他仰慕敬重的人，則個個送上天堂。

這是最早的影射文學代表作品。但丁雖然在寫作時對當時的名流隨意的影射和褒貶，但這並無損於《神曲》的偉大，原因即在於他用更大的宗教情懷包裹住了那些俗世的紛紛擾擾。小說作者在以他當時的名流政客為寫作對象時，他已不是單純的在寫作，而是和寫作對象間展開一場時間的賽跑，傑出的作者可以在影射名流政客裡創造出更好的價值而贏得比賽；但若作者只是企圖利用名流政客的有名而製造話題，那麼，他和寫作對象就會一起跌進泥塘而廝鬥，最後一起同朽。

作者在寫作裡影射有名的人，儘管有《神曲》這樣的經典留存了下來，但與日俱朽者更多。這種影射式的寫作，在文學理論上，我們都稱之為「占用」。任何社會裡，一個人之所以會有名，都必然是某些體制支持下的產物。因此，不同的時刻，會有不同型態的名人。名人的「有名」裡隱藏著那個時代的特性，當然也隱藏了它的局限和其他反面因素。於是，「有名」這個領域遂熱鬧了起來：有人企圖用影射來分享餘光，有人則要解構有名的人來批判時代。這種對「有名」的「占用」，除了影射之外，到了現在更發展出其他方式，例如女性論者「占用」某些名人的形象而凸顯不同的意義即屬之。「占用」是一種反省——當然，它可能是好的反省，也可能是壞的反省。

多倫多約克大學教授庫姆（Rosemary J. Coombe）最近在一篇論文中指出，在「名人文化」愈來愈增強的這個時代，名人在享受到有名之餘，無論在法律上或價值上也都日益無法阻擋形象的被「占用」。「占用」是符號形象的公眾使用及扭折改變。沒有一個社會能夠禁止不同意義的出現，「名人文化」的時代，有名的人應當對自己能成為好惡交集的中心覺得欣慰並警惕。

「名人文化」下有名的人，對名要更加愛惜保重，作者在影射名人時，更應當要有一顆開闊的心靈。近年來，台灣影射名流政客的小說交相出現，作者當然可以有好惡褒貶，但我們要關心的則是：他們在影射並占用有名的人時，他們只是在罵人呢？或者是讓我們有了更開闊的思考空間？

期望台灣有更好的影射文學！

我們都是浮士德的分身

當人的慾望無止境，
最後已沒有東西可換，
就只好用靈魂當作賭注。

放榜的前夕、向愛慕的對象寄出第一封情書之後、等待求職通知的時刻，這些都是一種虛懸的「不確定」。它讓人焦慮得渾身不知所措。「不確定」是慾望和慾望無法被自己經理間的一種緊張折磨，為了逃避折磨，每當遭遇到「不確定」，我們就寧願像賭徒一樣的「許願」，用我們已有的來換我們希望的。

這就是「許願式宗教」（votive religion）或「許願式信仰」的起源。古代的後期曾風靡希臘、羅馬、埃及、波斯等地。人們在巫覡的仲介下，以金錢物質或酬神歌唱和演戲等「許願」祈求各種。「許願」是人神間的一種賄賂和交換，也是人對自己的無力感所做的一種治療和賭博。世界無涯，而人的能力則有限，「許願」有時候的確能幫助人們度過許多難關。但若「許願」過度，就難免浮士德般的結局。

當歌德在寫浮士德的悲劇時，他並非純屬向壁虛構。十六世紀的歐洲繼承了古代的「許願式宗教」，向神巫許願之風盛行，因而有了浮士德的傳奇，用靈魂來交換俗世的成功。此外，歌德自己在年輕時也有過為了成功而背叛神聖愛情的經驗，這使他終生歉疚自責，認為自己就是浮士德，因而才藉著寫作這齣悲劇來自我救贖。而更重要的，則是十八及十九世紀間，歐洲拜物拜金大盛，對精神及道德價值的信守已趨倒退，他也企圖寫作這齣悲劇為時代作證。許願式的信仰，在浮士德的悲劇裡被推到極端，當人的慾望無止境，最後已沒有東西可換，就只好用靈魂當作賭注。

歌德用浮士德的悲劇來說十八和十九世紀的歐洲，這不也是今日台灣的某些側影。我們活在諸事皆不確定的世紀末，世紀末的氛圍，我們自己慣有的功利交換習性，使得我們忘了一切客觀應有的努力，而寧願用許願奉獻的方式來滿足俗世無止境的慾望。於是，販賣慾望和保證慾望得以滿足的人，就成了當代的巫覡。從祈求平安、追求成功幸福，一直到聯考，這種現代的巫覡前後相望，絡繹不絕。

一個號稱能作法讓參加聯考的人增加五十分以上的騙徒，以許願供奉的方式騙到八千餘人，金額在億元以上，這是繼宋七力之後另一個高明的騙術。然而就在指責騙徒的同時，或許被騙者自己也要捫心自問，正如同魔鬼梅菲斯特並非主角，將靈魂折價的浮士德才最重要。當財富、青春、成功是我們唯一的價值，而且都願意用最廉價的許願交換方式來取得，這時候，我們就已一點一點的變成了浮士德！

照著能贏的方式贏

一切都被權力化和機會化，
世界就再也沒有什麼是確定的東西，
再也沒有是不能做的事情。

想要理解一個社會，有時不妨到流行的「關鍵辭彙」裡去尋找。社會的影像濃縮在人們愛慕的辭彙中，而此刻的台灣，這個辭彙就是「兵法」。

台灣正處於「兵法」的時代。坊間流行的是各種通俗的兵法或謀略著作，孫吳的韜略不能饜足，又再乞靈於彼方東瀛，德川、豐臣、信長、信玄，各家兵法也都在此地大行其道。台灣儼然變成了一個人人用計用間、追求功名利祿的兵家戰場，而當朝權雄又復矜誇其對各家兵法之嫻熟，更助長了人們對兵法的熱狂。

雖說兵家之言與治國之道有所會通，但治國或處世畢竟還是不能化約為兵法。當人們一切思維都是兵法，這時他就已將萬事萬物都外化為要以自己意志來征服的對象，於是，人間的義理，人間的相互承諾，也就沒有了存在的空間。宮本武藏有句名言：「照著能贏的方式贏」，這似乎正是此刻台灣的寫照。

「照著能贏的方式贏」，「贏」是最高的目的與價值，「能贏的方式」則是一切可能的手段。當一個社會被這種兵法邏輯所定義，它也就成了一切都被「權力化」與「策略化」的社會。在這樣的社會裡，每個人都視別人為可以根據自己的策略而操控的一枚棋子，別人存在的意義只不過是在檢驗自己精通謀略的「英明睿智」。於是，「每個人和所有其他的人為敵」為景象遂告出現。人們不容別人阻擋在自己的前頭，合作、容忍、寬厚、謙遜等品質也就只存在於字典之中，而不可能在現世中覓得。

「照著能贏的方式贏」，凡違背此目的者均不予顧惜。因此，國民黨的當朝權貴，普通時候會振振有辭的宣稱年年辦選舉是如何的勞民傷財，巴不得將各項選舉一併合辦；然而，一到與他們自身政權利益有關的省市長大型選舉要和省市議員選舉合辦，他們卻又更改了言辭，主張分開辦理。道理很簡單，設若合辦，國民黨的那些樁腳掮客必然都忙於為切身利益更直接的省市議員助選；而本身並沒什麼才華及號召力，必須樁腳掮客抬轎的省市長候選人就會落單。為了贏的策略，這兩項選舉當然不能合併。至於以前作過的承諾又如何，在這個翻案如翻書的時代，翻了又如何！承諾和榮譽再大，也大不過「贏」這個終極價值。國民黨當權者有句名言：「輸掉政權就失去一切。」由於畏懼輸而更加竭盡一切手段的要贏，它還有什麼做不出來的？

十九世紀德國哲學家保羅（Jean Paul）和巴德（Franz Von Baader）乃是近代最早思考虛無主義的思想人物。他們指出：當人的自利成為唯一的準則，一切都是看情況來決定策略與說辭，這就是一種「任意的自我主義」（arbitrary egoism），一切都被權力化和機會化，世界就再也沒有什麼是確定的東西，再也沒有是不能做的事情。他們預見了稍後納粹興起的時代背景。

「兵法社會」的台灣，「贏」最重要，大官可以說謊，可以竄改評估報告，可以背棄政黨協商後的承諾，可以不要榮譽，反正他們手上掌握著電視。一千萬人看電視上的謊言，五百萬人從其他管道了解事實，一千萬比五百萬，他們還是贏的一方。「照著能贏的方式贏」，作為兵法修業的圭臬，頂多枉殺一些劍客；但「照著能贏的方式贏」用諸社會國家，卻讓人擔心我們全體會因此輸去！

瑪門的背脊！

最傑出的富人應當是以自己的財富
為社會創造無窮資源與福祉的先行者。

《新約》裡談到「金錢」時，經常都以具有人格化意義的阿拉姆古語「瑪門」（Mammon）稱之。

「瑪門」是敵對性的非倫理神祇。因此，原始基督教團以這個詞來稱呼金錢，乃是一種有趣的明喻：金錢不只是經濟上可交換的購買力媒介；它同時也具有誘惑、貪慾、權力等導致非善的精神面特性。於是，金錢可以讓人免於匱乏，給人安全與富庶的光明面，以及它同時也是「不義的瑪門」之間的衝突，也就恆久成為釋經學、宗教家、社會改革者不斷面對的問題。

對於貪鄙的財主，但丁的《神曲》裡有著極富想像力但卻吻合經典意義的描寫。由於富人的心智被金錢痲痺，因此地獄諸神裡，財神最沒有聰明的談吐：由於財主貪吝鄙薄，眼光只及於地；而從不用眼睛的餘光仰視於天，因而他們遂必須承受一種獨特的懲罰，他們在煉獄裡胸腹向地，背脊朝天，手腳則被束縛。

這種姿勢一方面影射他們以前的特性，另方面也代表了懺悔的姿態，至於手腳被縛，無法動彈，則是對他們以往舉手投足間一無是處的行為所作的反面寫照。本世紀初的美國改革家饒申布士（Walter Rauschenbusch）即特別指出過，但丁的這種描寫，的確清楚掌握到了金錢的反面特性。

因此，將金錢稱為「瑪門」，知道瑪門的背脊逆對著天，瑪門的背脊乃是富者的悲劇起源——惹人嫉恨與自我腐蝕，從新的時代以來，「財主的救贖」也就始終成為信仰以及社會的主要議題。富者不要等待他人來反商，富者應當自己反對並拯救自己。

資本主義體系下應有的財主邏輯，在衛斯理（John Wesley）的這句折衷式的名言中表達得最好：「竭盡所能的賺取，竭盡所能的儲蓄，竭盡所能的付出。」金錢不是罪惡，但卻是限制，財主要自己理解這種限制。金錢漫無章法的購買一切：購買政治、特權、兵役、愛情、罪惡，這種惡質化的購買力必須被逐漸壓縮。而消極的贖罪式付出：例如慈善捐獻、賑災濟貧，則應被漸漸淘汰，最傑出的富人應當是以自己的財富為社會創造無窮資源與福祉的先行者。在西方，每當富者恣狂囂張，就會有人，甚至是富人自己出來糾正反省。不太有人能說這是「反商情結」，而只是一個社會自新的過程。

但在台灣，金錢卻從未被視為一種「瑪門」，而是一種被崇拜的權力。古代「士、農、工、商」四民之末的「商」，不但早已不是末，反而躍升成了政商勾結共同體裡的中心，「反商情結」這樣字眼則成了它們用以掩護並抵擋社會自新力量的工具。因此，在這樣的時刻，我們的李總統又再大談什麼「台灣有反商情結」，再一次的失言，再一次的本末倒置。

台灣的人可曾反商？三百年來唯商主義的傳統，商人財主一向是崇拜的對象，富而久則官，可以出將入相。富者不仕乃是西方的傳統，而有錢當官卻是台灣的新潮流。西方公益性的基金會，在台灣這種新潮流扭曲下，早已變成政商勾結命運共同體的工具。

最好的台灣財主也只不過是偶爾參加慈善義賣而已。台灣的工商財主大多數都是瑪門的背脊，他們臉孔向著金錢和權力，背部向著公理！

瑪門的背脊，自新自淨的力量在哪裡？

編註：

內文提到的李總統為李登輝，他是第一位出生於台灣的中華民國國家元首，一九九六年代表國民黨當選為首位全國公民直選產生的總統。

被窺伺虐待下的身體

當城市成了叢林，
所有的身體就不再是「人」，
而成為獵人眼中的「某個東西」。

一群惡徒綁架白冰冰的女兒，既拍照，又剁手指，聽得人寒毛悚立。這已不只是重大犯罪，還是對人身體的凌遲。從今以後，人們對自己的身體將愈來愈感到「惶懼」。

稍早前有過民意調查，台灣將近一半的人認為「別人不值得信賴」。這就是一種「惶懼」，而「惶懼」中有一大半即是對自己的身體充滿了無可奈何的焦慮！

例如，當人們或子女出門，就可能已落在某個躲在暗處的人窺伺跟監之下，他計算你的作息時間，偵伺你的生活習慣，像狙擊兵遠遠瞄準的冷槍，隨時會扣下扳機，面對身體被惡意的窺伺監控，任何人都束手無策。這是人的身體變成了犯罪者的標靶。

而當窺伺者從暗處躍出，那就可能是強暴、殺砍、綁架、活埋。人們的身體成為別人虐他症之下的小小道具。哀哭跪求都不能拯救身體的厄運。人的身體在隨時可能的凌遲下寒慄。

白冰冰的女兒白曉燕所經歷的就是這種「身體的惶懼」的全部過程。而這種「惶懼」已愈來愈蔓延在其他絕大多數人之中。人的身體是間躲藏自己的小小廟宇，但在此刻，已愈來愈難抵擋他人對身體的入侵。平常時候，人的身體被美醜、衰老、流行等穿過，已必須勞累的一再重塑自己的身體來趕上時代。而到了現在，更要時時刻刻準備面對新型態犯罪對身體的覬覦和損傷。人之有患，在於有身，已成為惶懼的源頭。

近代的新型態犯罪已不再是宵小的貪圖僥倖，而日益成為具有自覺的反社會行為。成王敗寇的現實讓犯罪者合理化了自己。於是各種新型態的犯罪者遂日益增多，他們精打細算，有若獵人般的進行都市狩獵。他們智能不低，懂得現代化的窺伺。當他們揀準時機虎躍而出，撲向獵物，對方的身體也就成為他們「虐他症」的宣洩道具。近代犯罪的身體虐待特性日益明顯並已成為一種新的恐怖與殘忍。

想要理解台灣最近半年多來的重大犯罪，最好將這些被害者都想像為獵物。彭婉如案不就是一場淒厲絕倫的都市獵殺？白曉燕案的整個過程也同樣是一場狩獵。當城市成了叢林，所有的身體就不再是「人」，而成為獵人眼中的「某個東西」。身體的意義在於證明犯罪者的意志。

世界宛若叢林，身體暴露在不知躲在哪裡的窺伺眼神之下。除了「好恐怖啊！」我們還能說些什麼？

編註：

白曉燕，為白冰冰與日本知名漫畫劇作家梶原一騎之女；十六歲時遭陳進興、高天民、林春生三名綁匪綁架並撕票。

非關傅聰

台灣已告別了《老殘遊記》裡那種戲園茶園的文化，
但告別得仍不徹底，還留了一些傅聰身受的尾巴！

傅聰在台南舉行獨奏會，演奏之前先是主持人致辭，接著又是一名大學校長上台講話。及至音樂會開始，聽眾的座椅又吱吱作響，演奏中傅聰被迫兩次停頓，一次大叫：「不要發出聲音！」一次則痛苦的請求：「我需要專心，請大家合作好嗎？」傅聰的演奏生涯，有了一次難忘的經驗。

演奏（唱）家被無關音樂的因素所干擾，這是嚴重的侵犯。稍早前讀傑李奈克（George Jellinek）所著的《卡拉絲傳》，記憶最深刻的就是義大利那些「劇迷幫」對卡拉絲的干擾。他們是「毫無批判性的偶像崇拜者，對歌劇作為音樂的特性也麻木無感」。於是，當時兩大女高音卡拉絲和提芭蒂（Renata Tebaldi）遂各有各的「劇迷幫」，每次演出，自己這幫就拚命喝采，而對方幫則噓聲不斷，近乎鬧場。這是古代「捧戲子」的遺風，它沒有對藝術的尊重。它干擾了演出，破壞了歌劇演唱的合作性與整體性，甚至還破壞了樂團和演唱者之間的和諧。

聽（觀）眾在表演場所必須靜默，這個場所的絕對主權屬於表演者而非花錢買票的聽（觀）眾。這種規範的形成乃是一個長遠的過程，在這個過程裡，藝術表演從「娛樂嘉賓」的功能性裡發展出自主自為的美學及社會價值，藝術表演也同時發展出它的空間區隔和紀律。這種進化的過程，美國留下過一個最有反省意義的例證，那就是劇場史上著名的紐約「艾斯特劇場」（Astor Opera House）暴動事件。

從十八世紀中葉開始，美國即劇場暴動不斷，那個時代，劇場的主權不明言的屬於買票的聽（觀）眾，劇場是大家打混的社交場所，戲（歌）劇只能算是餘興，某一段詠嘆調大家聽得高興，就起鬨打斷表演，要求再唱一次。而另外的人則可能噓之不斷，因而大打出手，變成暴動。一八四九年，兩名歌手赴美，一個是輕浮誇張而獲群眾喜歡的福雷斯特（Edwin Forrest），一個是將表演視為學術、表演場所視為文化殿堂的麥克瑞迪（William C. Macready）。當年五月，麥克瑞迪在艾斯特劇場登台，「擁福派」不爽而發動群眾或觀眾鬧場，警察鎮壓，造成二十二人死亡的大暴動。經過這次暴動的教訓及反省，藝術表演場所不歸聽（觀）眾的觀念被確實建立了起來，藝術表演的空間區隔也告確定。藝術表演場所那種原有的社交、啃雞腿、吃榛果等「戲園子文化」逐漸絕跡。經由這樣的進化，表演者和聽（觀）眾都升了一級。而反觀我們，藝術表演場所的喧鬧當然已沒有。然而縱使在兩廳院，私帶飲料，胡亂鼓掌，若有國劇演出，自己偷偷錄音，或者怡然自得的跟著小聲哼唱……凡此種種，均所在多有。台灣已告別了《老殘遊記》裡那種戲園茶園的文化，但告別得仍不徹底，還留了一些傅聰身受的尾巴！

不久前，傅聰接受過香港《明報月刊》的訪問，談到音樂界自己的非音樂因素，例如演奏中故意跳段省略，某大指揮家譁眾取寵式的誇張等，他認為這是音樂表演者對音樂和聽眾的不尊重。傅聰在當代演奏者之中，幾乎是「非音樂因素」最少者之一。對於這樣的演奏者，除了少以「非音樂因素」干擾他之外，恐怕我們自己也該多想想「欣賞倫理」的問題了！

兒童閱讀

兒童已不再是我們所想像的兒童，
反而是透過兒童諷刺連環畫，
而成為「日常生活批判」的中心。

一五七八年，《傳奇寓言暨民間故事入門繪本》出版，這是世界第一本童書。

一七五〇年代，《小人國雜誌》（Lilliputian Magazine）出版，這是人類第一份兒童雜誌。

十八世紀後半，諷刺漫畫開始大行於歐洲，十九世紀末，從其中分生出了另一種漫畫種類，它就是首先連載於報紙上而後出書的連環漫畫，其中就有許多以兒童為漫畫主角，藉著他們的眼光來諷刺成人。這種最先只是成人畫給成人看的諷刺連環漫畫，到了近代已顛倒了過來，它變成了兒童漫畫，專門畫給兒童看，但成人也未嘗不可受益。兒童諷刺連環漫畫與成人諷刺漫畫的最大差別並非在於形式，而在於內容：後者諷刺的絕大多數都是公共問題，而前者所談的則盡是日常生活中的點點滴滴。這種兒童諷刺連環畫到了現在這個視訊時代，更向電影、電視以及光碟出版等領域穿透。

因此，四百年的「兒童閱讀」乃是個值得研討的課題，早期出版昂貴，兒童與成人共同閱讀，及至出版開始大眾化，兒童出版開始逐漸分立，初期的「兒童閱讀」是教育功能和社會化的媒介，十八世紀末期開始，成人逐漸賦予兒童半自主性的讀者地位；學習並揣摩兒童的閱讀樂趣。十九世紀末期以至於今，隨著兒童閱讀消費的更增，儘管兒童寫給兒童看仍難望普遍，但作為被動式讀者的兒童，卻日益在波動的選擇中呈現出他們的主動，從而，兒童的無機心、無包袱等自然狀態及蘊含於其中的價值觀，也就像乒乓球般的反打回了成人世界，它變成了一種新的諷刺泉源。佛洛依德曾經論說過童話的「正常」（heimlich）與「怪誕」（unheimlich）。他即指出所謂「正常」乃是一種習以為常的熟悉，但也正因此，它同時也是一種遮蔽和排除——讓另外的一些面向和視野被遮蔽和排除；而許多童話的元素卻恰好可以將「正常」推到與它對立的「怪誕」上，讓人產生情緒的擾動，從而讓人發現我們的「正常」裡真正遮蔽了什麼和被壓抑了什麼。

因此，現在已是「兒童閱讀」的一個新時代，隨著以兒童為主角的諷刺連環漫畫大行其道，已有許多新銳學者指出，兒童已不再是我們所想像的兒童，反而是透過兒童諷刺連環畫，而成為「日常生活批判」的中心。美國學者阿瑟・阿薩柏格（Arthur Asa Berger）即指出，這種以兒童來諷刺成人的漫畫，一方面是世代間差異的顯現，另方面則表示成人與兒童間相互學習的更加迫切。最近台灣出現的「蠟筆小新熱」並非突發現象，它只有放在全球化的「兒童閱讀」脈絡中才更能理解。許多西方學者認為「兒童閱讀」的這種變化，標誌著成人與兒童認知與行為的民主化重組，這種觀點可能是對的。

近年來，「兒童閱讀」乃是繼「女性閱讀」後日受重視的新興研究領域，有人認為「兒童閱讀」的諷刺裡有著解放的功能，這大概有點膨脹過度，有人則擔心它對成人的反饋會使得成人文化也愈來愈像單純的兒童，而失去深刻思考的能力，出現「理性之蝕」，這難免又要求過嚴。用平常心來看待這種問題，由「兒童閱讀」裡，成人們應當學習到的或許是：成人們受到各種文化的制約，再加上懈怠，總是存在著許多限制，他們多多少少會有些過分的自私，會有些虛偽和功利，會自欺欺人，會狗眼看人低。這些未加反省的習慣，需要有人點醒。

兒童節，兒童閱讀，我們仍應學習！

滿街都是幼獸的日子！

尚未完成準備就已面對人生，
未來的兒童及少年已注定
將更加可憐且危險的生存下去。

兩個十二歲的台灣小孩，強暴殺死一個更小的女童。

兩個美國阿肯色州的小孩，一個十三歲、一個十一歲，居然穿了迷彩裝，持槍掃射，殺死一個老師、四個同學，成了震撼美國的頭條。

一個日本的十三歲小孩，在上課時不聽話，被女老師罵了幾句，拿起刀來就猛刺，女老師身中十刀死亡，也同樣嚇壞了日本。日本公立學校暴力日增，老師們已愈來愈心理恐懼。上個學期的請辭老師已多達一三八五人。

但所有的這些，都比不過另外兩個案例：

一件是稍早前發生在英國的凌遲殺人事件。兩個十一、十二歲的小孩，在超市抱走嬰兒車裡的兩歲孩童，而後沿街拖著走，到僻靜地方將其凌虐致死，棄屍鐵軌上。

一件是發生在瑞典的事，幾個六、七歲大的小孩圍毆一個五歲女童，打昏了一哄而散，並馬上忘了這件事。昏倒在雪地的女童因此而喪命。

看著愈來愈多的這類案例，不由得讓人怵目驚心。以前，凶手是「不良青年」，而後變為「不良少年」，到了現在則變成了「不良兒童」。可是回頭看所有的這些兒童凶手，卻都得不出他們「天性邪惡」的證據。就以持槍掃射的案子為例，這兩個小孩都出自中產家庭，父母都辛苦的上班，他們在學校裡有點怪胎性格，但包括老師和同學，都沒有一個人相信他們居然會去持槍殺人。小孩的犯罪，絕大多數的情況就像《聖經》所說的：他們不知道他們做了什麼。

他們都不知道他們在做什麼。許多犯下重罪的少年在事後甚至沒有罪惡感。但我們可以因此而認定他們恬不知恥嗎？答案顯然不是這樣的。以前的人，從兒童到青年，都能在被保護下一步步的社會化；但現在的人則反是，這種保護下的社會化時間日益縮短，因而兒童和少年必須很早就去面對他們完全懵然無所知的各種行為後果。他們無法控制情緒，不懂得節制憤怒和慾望。羞恥感和罪惡感是社會化過程中讓人被馴化，使可能傷害到別人的本能衝動得以被調控的關鍵。當兒童的被保護機制喪失，他們就等於尚未完成準備就已必須面對人生。因憤怒而殺人，因慾望而強暴，因缺錢即行搶，台灣街頭因而將增加愈來愈多的幼獸。

幼獸肆虐，有人說要降低懲罰的年齡，而我則心有不忍。尚未完成準備就已面對人生，未來的兒童及少年已注定將更加可憐且危險的生存下去，而成年人應該給他們的保護在哪裡？

從巴黎到台灣

啟蒙精神不只是個人的被肯定而已，
更重要的是要落實到個人
以及社會的日常生活合理性上。

這是直到十九世紀中葉之前巴黎人的日常生活景象：

——整個城市湫隘臭濁無比，沿著塞納河岸彷彿貧民窟的房舍簇立。每天清早，家家戶戶的尿壺或者沿街傾倒，或者就嘩啦潑灑進河。尿屎、屠宰場的血水、用過的髒水滿街流竄；教堂亂葬崗的屍臭更是長年縈繞不絕，禽畜則在遍地皆是的爛泥坑打滾，研究人們日常生活史的法國學者阿利埃斯（Philippe Ariés）說，巴黎以「熏人的腐臭和可怕的化學」而聞名，巴黎是個人們將一切不欲的骯髒全部丟向街道及河裡的城市。然而，就在巴黎可怕的惡臭及髒亂中，近代城市的啟蒙運動也逐漸醞釀成形。無數的作家、建築師、宗教執事、公衛專家不斷從日常生活的「合理性」出發，來探討巴黎人的生活問題。

例如，當時著名的諷刺作家Louis-Sébastien Mercier即根據啟蒙精神重新定義都市的生活要件，那就是「清潔、秩序、空氣流通、照明、陽光」。啟蒙精神不只是個人的被肯定而已，更重要的是要落實到個人以及社會的日常生活合理性上。

例如，Abbé Laugier即重新構思出城市廣場的意義：「它不只是都市的通道，更重要的，它乃是保障一個城市空氣流通和陽光燦爛的公共空間，愈大的城市，必須有愈多廣場。」例如，Marie-Joseph Peyre即為都市噴泉尋找出新的意義，它具有都市美學裝飾的意義之外，更重要的是還有淨化塵埃與惡臭的作用。

例如，Antoine Petit則對塞納河的生活意義作了新的解釋，河流是城市的生命泉源，也是風的通路，因此讓塞納河汙濁並阻擋了風路的住宅應全部遷除。

例如，Pierre Patte等則設定出了都市下水道的理念，認為系統化的下水道乃是都市生活合理的關鍵。

根據啟蒙精神而重新規定都市生活的合理性，從十八世紀後半出現，結合了不能忍受巴黎惡臭髒亂的庶民大眾。於是，新的墳場、屠宰場、下水道、廁所等遂一一出現，最後在拿破崙三世重建巴黎時達到頂峰。從此以後，巴黎成了全球的樣板，它的下水道工程已是世界奇觀之一。巴黎根據啟蒙精神，規定出了現代城市的合理性以及在這種合理性制約下人們日常生活的規範。農業社會那種任意大小便，垃圾髒水順手丟的時代過去了，人類多出了一個共同所有，也應共同維持的日常生活公共空間。

由巴黎人根據啟蒙精神而重建巴黎和巴黎人的過程，就讓人想到我們台灣這個城市島嶼。它是個兩種慾望在奔馳的社會：一方面是鐵窗鐵柵將一切的可欲統統搬進家裡，另方面則是將一切的不欲丟向外頭。全台灣的汙水排水下水道普及率至今仍只有百分之三，幾為全球最低，意思就是說，人們一切的不欲如汙水、垃圾，差不多都進了惡臭的明溝和暗溝，不經處理的流進了河裡海裡。奔馳的慾望劫掠著人們日常生活的周遭，台灣河流糟糕的程度已全球第一。台灣與老巴黎頗多類似，倒是與新巴黎完全無緣。揆其原因，似乎少了根據啟蒙精神來逐步重建台灣的努力。

災難與花的表記

它不存在於目的之中
卻由打開的雙手掌握。

當代最傑出詩人之一的謝默斯・希尼（Seamus Heaney）在最近的詩集《靜觀萬物》（Seeing Things）裡有一首〈乾草叉詠〉，它是最好的政治詩。田間農人使用的乾草叉是一種「物」，它被用來叉舉乾草堆。當人們在使用它時，乾草叉這個「物」的目的也就成了「人」的目的。農人使用乾草叉一如戰士的矛矢或運動選手的標槍，「物」本身有它自己的絕對性，它是「叉柄的航行」：

平順、鎮靜自若的劃過天空
它又向星辰，絕對的寂然無聲——

但詩人希尼從這種「絕對的寂然無聲」裡，所省思到的卻是在「物」的目的性之外應當存在著另一種「人」的目的性，詩人最後這樣說道：

通過它自己的目標，卻走向另一端點
在這裡，完美——或接近完美應當如是：
它不存在於目的之中
卻由打開的雙手掌握。

「打開的雙手」是鬆開拳頭和慷慨的象徵。詩人米沃什（Czeslaw Milosz）曾有詩句「打開過去握緊的拳頭」。希尼由「物」的目的性與絕對性，憬悟到它極端化之後是「絕對的寂然無聲」的虛無。於是他遂向「人」的目的性折返，它對「完美」有另一種定義，它是「打開的雙手」。將握緊的拳頭鬆開是夢寐以求的「人」的目的性之始，它是心的開放和仇怨的遺忘。希尼不像雪萊在〈愛爾蘭人之歌〉裡那般遼闊的雄邁：

英雄們如今安在？他們死得英豪
他們不是在荒原血泊中躺下

就是讓自己的陰魂駕御著風暴——
「同胞們，復仇呀！」這樣向我們呼號。

希尼也不像葉慈在〈一九一六年復活節〉裡那般亢奮：

萬事皆變，皆徹底改變
一種恐怖之美已告誕生。

作為北愛爾蘭人的希尼，他生長的是另一個時代，他繼承了先輩們在英國殘暴統治下的記憶，甚至還經歷了一九六九年開始，至今猶未結束的北愛新教徒與天主教徒的血腥政教衝突。英國在北愛曾大軍壓境，清晨經常可見四處縱走的戰車行列：

都被赤楊碎枝幹偽裝
砲塔上站著頭戴耳機的戰士。

北愛和英國曾有過難以忍受的地獄般的過去。被英國統治的北愛，人禍的迫害加上天災，一八四五至五二年間的大饑荒死亡百萬，希尼有如下的詩句：

活頭殼、死滅的盲眼

搭配著荒瘠支離的骨架
翻掘過這片土地：在一八四五
狼吞虎嚥枯萎的根株而死亡。

然而，希尼不同於葉慈。都會性格的葉慈有著潛在的將事物概念化的這一面，他有〈一九一六年復活〉的亢奮，也有〈航向拜占庭〉及〈二度降臨〉等的迷亂徬徨。而希尼則是純粹的農民性格，農民，尤其是手工耕作的農民，一生所從事的就是「掘」（digging）。讀希尼的詩，幾乎很自然的就能體會出他的詩幾乎都是在「掘」——在挖掘那個北愛爾蘭人民的生活賴以存續的基盤。對「掘」，他在早期詩集《一位自然主義者之死》裡有首以〈掘〉為名的詩，其中有句：

馬鈴薯堆肥的冷臭，腳踩和拍打
腐熟黏濕泥炭的咯吱聲響
穿過生活的根株，在我腦中甦醒，
成了清楚的輪廓
但我已沒有了鋤頭繼續跟隨。

我的四指與拇指之間
粗短的筆棲止
我將以它代鋤，挖掘。

而他所謂的「生活的根株」，乃是那個不隨外在世界變動而轉移的生活韻律。他曾這樣描寫過大戰期間：

美軍轟炸機群嗡向圖梅橋的機場，陸軍沿著道路兩側在田間演習，所有這些巨大的歷史行動擾不亂田園的韻律。老式抽水機兀自站立，恍若細弱的鐵偶，嘴吻突起，全身覆盔，後面繫著長柄，描繪出暗綠的身影而端坐水泥基腳上，它是另一個世界的中心標誌。

農民性格的希尼，關心的是更恆久的土地以及地上的人。他不像城市自由派那般動輒無端的亢奮，這種短暫的亢奮來去同樣的快速但卻無蹤。他曾這樣自問：詩的美抵不上一朵花的力量，作為詩人，在這個激情與災難、以及傷痛不幸綿延不絕的時代，他能向世界作出什麼樣的傾訴？他的選擇是葉慈在〈內戰時刻的沉思〉這首連篇詩裡所標示的：「對災難作出適當的表記」（Befitting emblems of adversity）。他表記災難，深信「詩是一種對經驗上不能解決的衝突所作的象徵式解答」。詩人必須是「孤獨的凝視者」。

希尼「對災難作出適當的表記」，平淡但卻深刻到透人骨髓。例如，從挖掘馬鈴薯裡勾起了歷史災難的記憶，「你仍能嗅察到飄曳的痛楚」。由一隻在灌木叢裡瑟瑟縮縮的小獾，勾起的是他對內亂時刻在爆炸聲裡驚駭在搖籃裡的孩童之想像……災難是北愛爾蘭土地和空氣裡亙古長存的成分，它無所不在的以一種氤氳之姿瀰漫在希尼的字裡行間。

然而，僅僅表記災難並非希尼的職志，「詩是珍貴的語言事件，如同歷史的癥候」，作為「凝視者」的詩人，必須「同時是記憶的保持者和未來歷史的凝視者」，由於「蒼白並非人們的天性」，因而他探究災難。他對死者安魂，在葬儀氣氛下將死者失去了的人的價值重新拾回，給予這個世界苦澀的甜美。他有一首不斷被討論的〈怪誕的果實〉，其中有句：

> 被謀殺的，被遺忘的，失去姓名及恐怖
> 被砍頭的少女，令人驚懼的斧鉞

以及天主的賜福，它使人不安
對那些初時感覺到彷彿是崇高的事物。

這首詩敘述的乃是古代北愛爾蘭以神聖之名而被斬首的少女頭顱，它被人重新在泥炭沼澤裡掘出。希尼這樣解說：「崇高以及神聖的事物，經常在發生的當時對當事人乃是一種罪惡，災難無所不在，它在人的罪惡中。」

於是，希尼真正卓越之處開始出現，他在牛津大學的一次演說裡提到「以社區及個人層次的建議真理」，他向最普通的人性裡去追索答案，因而有了〈乾草叉詠〉這樣的詩出現——在這個災難重重相因的時代，一切的根源還是我們握緊的拳頭！

詩的力量抵不過一朵花，但它不能棄這個世界的災難於不顧，希尼纖弱如花的祈請是他送給一切世人的禮物。一切的災難都起於方寸之地，或許這才是一切災難的真理吧！

無可救贖的「羞恥」

不知恥的人也就永遠在尋找著
獵物要為他們的恥辱負責，
或許這才是它無法獲救的根源！

南亞次大陸專出女總理，先後有過斯里蘭卡的班達拉奈克（Sirimavo Bandaranaike）、印度的甘地夫人、巴基斯坦的班娜姬・布托、孟加拉的卡莉達・齊亞（Khalida Zia）等，居全球之冠。

然而，女總理多，並不意味女性地位亦高。南亞是豪門氏族統治的社會，甚至連政黨也都被家族化，女總理若非替父出征，就是代夫競選，她們仰賴的是父權封建結構下的氏族認同，這是最原始的部落感情，它與公平正義無關，與公序良俗無涉。除了家族內的鬩牆，豪門間的恩怨情仇，以及不同種族、宗教的血鬥之外，即再無其他。甘地夫人家族內的鬥爭、布托家族的母女兄妹反目、孟加拉兩個豪門的世代血仇，這些猶在持續中的劇目就是例證。這樣的社會充斥著大刺刺的粗暴、殘酷，以及相互的出賣和背叛，但就是沒有與公共義理最攸關的「羞恥」之心；於是，一男一女，兩名作者以《羞恥》為名的小說，也就變成了一幕令人悲喜交集的荒誕鬧劇。

印度裔英國籍的作家魯西迪（Salman Rushdie），一九八三年出版《羞恥》。這是本幻想與現實兼糅的諷喻小說，影射巴基斯坦前總統齊亞•哈克，以及前總理布托這兩個豪門家族。故事從早年兩人都還是小兵時開始，一個粗暴、一個狡猾，兩人形同兄弟，幾乎為子女指腹為婚。而後一人在軍中發展，另一人則進入政壇，一度相互扶植，終至背叛殺害。故事的敘述裡，各式各樣荒誕無稽的胡作非為均被一一呈現，所有的妄為均被視為「羞恥」的印記和無可救贖的永恆墮落。小說傳達的訊息是，當一個社會耽溺於各種混亂荒唐之中，並因之而失去了「羞恥」之心，它就再無歷史之路可走。

魯西迪出身印度孟買的回教家庭，而後赴英求學，他的父母則於稍後遷居巴基斯坦。他的《羞恥》（Shame）出版後立即被禁，八九年再出《魔鬼詩篇》，則被全球回教的基本教義派狂熱分子懸賞追殺，焚書殺儒的故事至今無已。

八九年迄今，魯西迪仍難逃文字賈禍的陰影；一九九三年，孟加拉的塔思利瑪，娜絲琳（Taslima Nasrin）卻又以《羞恥》（Lajja）一書，反覆著他的經驗。

娜絲琳是孟加拉由婦科醫師轉任的女性作家。孟加拉原屬巴基斯坦的一部分，一九四七年印巴分裂，回教徒為主的巴基斯坦獲得獨立，一九七一年巴基斯坦又再分裂為二，東巴基斯坦獨立為今之孟加拉，它是目前全球最貧窮野蠻的國家之一，也是人體器官最大出口國。

娜絲琳的《羞恥》，描寫的乃是九二年印度的印度教徒與回教徒為了爭奪聖廟而引發的宗教衝突。這起衝突也蔓延至孟加拉，當地的回教徒趁勢劫掠屠殺印度教家庭，強暴其婦女。這是孟加拉回教徒之恥，娜絲琳譴責這種恥辱。

然而，當一個國家瘋狂，必是失去羞恥之心在前，譴責只會火上添油的引起更大的瘋狂，她不但小說被禁，接著，她的一次談話更引發基本教義派回教徒的死亡通緝，終於造成她九四年出奔瑞典。

兩本同名的小說，同樣處境的作者，不可思議的憤怒與荒唐，這是歷史的黑暗，因果所繫，正在於人心黑暗到了不再以荒唐殘酷為恥。不知恥的人也就永遠在尋找著獵物要為他們的恥辱負責，或許這才是它無法獲救的根源！

「辣妹」逃稅記

絕對的自由，
以及太多不滿終致找不到叛逆的焦點，
叛逆就變成了風騷。

成名只有一年的「辣妹合唱團」就懂得逃漏稅。她們的出道專輯賣了一千四百五十萬張、單曲則賣了一千六百五十萬張、收入五千萬英鎊，應稅三千二百萬英鎊。但她們無意繳交這筆稅金，遂由英國遷至法國南部的度假勝地尼斯市。由於逃稅的結果，估計到了九八年，「辣妹」五人組的每一個都將成為擁有一千六百萬英鎊的富少女，折合台幣是八億。

以「叛逆風騷」出名、代表了「少女時代」到來的「辣妹」，她們年紀雖小，但在逃稅問題上卻一點也不後人。她們真正在實踐著「只要我喜歡，有什麼不可以」的新一代人生哲學。

因此，「辣妹」不是幾個漂亮少女唱歌而已。「辣妹」是一種現象、一種價值、一種慾望。她們用她們的成功達到了這種嚮往，那就是絕對性的個人自由。她們以另一種方式述說著無政府的強者成功哲學：大家都來無條件的享用這個世界，而不必去盡任何義務。

世紀末的此刻，也是個「資訊娛樂」（infotainment）的時代，於是，各種叛逆的娛樂訊息遂一點點的在那裡雕刻著人們的身體、性和慾望。人們已不再叛逆什麼，而只不過是在叛逆著自己。美國的女性評論家愛倫・古德曼（Ellen Goodman）就說過她看各種少女雜誌的感想：少女雜誌在傳布的是一種「新的身體解剖學」，身體的每一個部位都細分成好多個層次，然後讓不同的粉彩、香水、紋身墨水和貼紙，以及各種織料等注解或定義。而人只關心這些微小的差異，並將諸如此類的慾望當成了時髦的叛逆風騷。「新的身體解剖學」需要新的偶像，「辣妹」就是「少女時代」的新偶像。她們把對身體和動作上的「只要我喜歡，有什麼不可以」，很自然的延伸到了身體之外。她們沒有「只要我喜歡，有什麼不可以」的去殺人放火，但卻「只要我喜歡，有什麼不可以」的逃漏稅。兩者是本質相同、但表現方式和結果則不一樣的無政府。

高等的酷哥辣妹在包裝上要酷要辣，而低等的酷哥辣妹則飆車鬥狠，新興的少男少女文化已有了愈來愈多的黑色風情——從上個世紀開始，人們就稱各種無政府青年為「黑色青年」，黑是至善和死亡的顏色代號。黑是至善，它代表了純真無知少男少女不受任何體制汙染的純粹；黑是死亡，則代表了一切的純粹和自由都必然會走到它的反面。

絕對的自由以及太多不滿終致找不到叛逆的焦點，叛逆就變成了風騷。「辣妹」逃稅記，說的是世紀末一則無力的故事。

集中營・罪・邪惡

為免於遺忘的哭泣，
而向反省和記憶作訴求。

一月的波蘭仍然苦寒，間歇的飄著雪花。「人類歷史上最大的墳場」奧許維茲就在這裡。五十年前，一九四五年一月二十七日，當蘇聯軍隊開進了德國納粹設在此地的集中營時，發現的是七千名瘦若鬼魅，垂垂待斃的猶太囚徒；未及掩埋而有若山堆的骨骸；從婦女頭上剪下的頭髮多達七噸。納粹在這裡毒死燒掉大約一百至一百五十萬人，百分之九十以上是猶太人。如果加上其他數十個集中營的數字，總共死亡的多達六百萬左右。

五十年後的今天，世人哀痛的前往奧許維茲紀念五十多年前那些不可思議的罪惡，奧許維茲集中營通往屍體焚化爐的鐵軌上點滿白蠟燭，二十多國的元首發表宣言，「我們要求所有的國家與人民停止一切狂想和暴力，不再有戰爭與殺戮。」而意義最深刻的，則是德國天主教主教團所發表的自我譴責聲明。

德國主教團發表自責聲明，是一種「為免於遺忘的哭泣，而向反省和記憶作訴求」的行動。聲明中指出：自從一九三八年納粹開始實施「毀滅計畫」（Programs）之後，「黨衛隊」即夥同暴民打砸猶太社區與人民，數百間猶太會所被搗毀或焚燒，墳墓被塗汙，公司商店被砸爛或縱火。從「毀滅計畫」到後來的集中營，邪惡的罪行不斷升高，而教會卻對此保持緘默。主教團自責說，面對邪惡的罪行而緘默，本身就已是一種罪，緘默使教會成了共犯。

德國天主教主教團發表自我譴責的聲明，當代主要神學思想家梅茲神父(Johann Baptist Metz）說：「這是基督徒應有的勇氣。」教會願意為塵世間的邪惡分擔責任。這是一種重要的轉折，也只有經由這樣的轉折，教會和信眾才不會像以往一樣的將邪惡外在化並因而逃避掉自己的責任。

其實，德國天主教主教團因為納粹罪行而自責，在德國宗教界並非首次。第二次世界大戰後，德國各教會即開始痛苦的思考過程：在納粹掌權的期間，各種罪惡不斷，除了新教的潘霍華牧師（Dietrich Bonhoeffer, 1906-1945）敢於抗拒邪惡並為此犧牲了性命外，其餘各大教會或者對罪惡佯若未聞，或者即龜縮緘默。這是一種體制性的，以及神義論上的怯懦。教會應如何看待本身的怯懦？應如何看待類似於納粹這種類型的大規模邪惡？

有關邪惡與罪的思考，在西方神學裡從來即是「救贖」的核心。不過，誠如因為反抗納粹而死，本身也是現代主要神學家的潘霍華牧師所說：到了近代，人們早已因為現世的生活，而將上帝的公義邊緣化和外在化了。於是，或許會有謙卑、善良、恭順、不犯邪惡的教徒，但「普遍的同情心」卻也因此而告失去。「善良的個人」和「邪惡的社會」，這乃是現代最突兀矛盾但卻實存的配對，其關鍵就在於教會及信徒失去了公義，尤其是在「罪」已逐漸脫離個人而奔向體制的時代，「公義的上帝」更應從信仰的邊緣被移位到中心來，在真實的歷史處境裡，「和受苦者站在一起」，或許才是教會、信徒，以及每個人解救自己的真正原則。大體而言，近代的「後納粹神學」，即是以此為框架而展開的。

講到納粹的惡，就想到英儒休謨（David Hume）的名言：「是否他願意免於邪惡，但卻不能？那麼，他就是無能。是否他能夠免於邪惡，但卻不願？那麼，他就是惡毒。若既願又能，則邪惡何有哉？」

格里費士的戰爭詩

在他的筆下，
戰爭絲毫沒有光榮。

死亡呼嘯過廢園，來自北方和東方以冷冽的呼吸摧殘一切美好。

死亡的血腥襲取生靈，而哀哀死者
亦不能安眠，必須醒臥恐怖聲響裡；
它咆哮、飛旋、疾掠過頭頂
日夜不止，讓大地驚亂灑淚；
而鼠群往返奔竄，大若野兔

窸窣竄走牠們恐怖的逡巡。

要過什麼樣的生活，要到何處
在戰爭之後，在戰爭之後？
我們以前經常如此談論，

……

威利嚮往加拿大木屋，
馬克則要去南海棕櫚樹間的搖籃
我們談論，準備這田園式的居處
而這愚蠢、瘋狂的戰爭卻埋歿了它們
但倖存的我的小茅屋之夢又將如何？

遠古傳說如此敘述
太初有了聖牛

（此時萬物猶未誕生
只有聖牛在地）
開始舐著冷凜岩石土塊
牠溫熱的舌頭，使血肉繁衍
多難以置信的奇蹟；
於是也有了亞當，有了夏娃。

而今混沌重臨
原初的汙泥、冷冽的石塊和雨水。
凡軀凋謝，血紅遍地
聖牛已死，老聖牛已死。

以上所引錄的，均為英國前代桂冠詩人格里費士（Robert Graves）戰爭詩的片段。閱讀格里費士的戰爭詩，經常唏噓而無法終篇；在他的筆下，戰爭絲毫沒有光榮，「戰爭是地獄」。戰爭的殘酷，死亡的暗影，生命的脆弱疊映出了難忘的歷史景象。難怪到了後來，甚至連他自己都已無法再面對這批詩作，而將它們從全集裡刪除。如果不是他的兒子費盡心思重編，我們後代就真的失去了這一批有關戰爭的最佳作品以及其中所蘊藏著的悲痛思想。

格里費士（1895-1985），他是第一次世界大戰的從征軍人。儘管第一次大戰迄今未滿百年，但它的殘酷卻早已走出了人們的記憶之外；第一次大戰共死亡一千三百萬人，是一七九〇至一九一四年全球所有主要戰爭死亡人數總和的兩倍。這場戰爭最特殊的乃是「壕溝戰」，兩軍壕溝對峙。延伸四七五哩，從北海、比利時、佛蘭德、法國，一直到瑞士。戰爭在壕溝中僵持，士兵們在壕溝中被轟擊至死。壕溝，恍若野鼠般的生存狀態，嗖嗖疾掠如雨的砲彈，戰後的歐洲被「炸彈驚嚇症」席捲。所有的這種戰爭經驗，在格里費士的作品裡都有最貼切的敘述：他安慰自己不要怕死，但對死卻怕得要命；他詛咒壕溝有若地獄的生活，他慶幸自己傷重未死的僥倖……偉大的詩人在於「真切」，格里費士不到百頁的戰爭詩集承載了「真切」。

不過詩論格里費士的戰爭詩，就不能疏忽掉近代文學中戰爭詩的功能問題。近年來，威斯康辛大學教授摩斯（George L. Mosse）在《陣亡將士：世界大戰記憶的再塑》這本史學名著裡就特別指出：所有的大戰，真實戰場的結束，不過是戰爭記憶重塑的開始。控制戰爭機器的人必須抹掉戰爭的傷痛，必須聖化陣亡將士，必須將戰爭的痛苦美化到國家神話之中，讓戰爭的痛苦給交戰的對手負擔。於是，謳歌戰爭的勇敢、正義，視死如歸的詩人，例如普魯士的克爾納（Theodor Körner）、辛肯多夫（Max von Schenkendorf）；英國的格倫費爾（Julian Grenfell）、索利（Charles Sorley）；美國的基爾默（Joyce Kilmer）、西格（Alan Seeger）等遂被這種「重塑戰爭記憶」的需要而放到超過所值的地位上，而這種戰爭詩其實毫無人類文明史上的意義。那樣的戰爭詩不自覺的成了戰爭機器的外圍，它在默然之中為下一次戰爭的爆發服務！

因此，同樣是戰爭詩，格里費士無疑才是更真切的。經歷了戰爭的殘酷與慘烈，在戰爭結束之後，戰爭對他的記憶是：

直到那不能忍受的時刻霹靂而下——
內心的尖叫，讓人發瘋的任務。

然而他畢竟還是幸運的，他殘存了下來。然而倖存者又如何？他的《倖存著還鄉》這首詩裡有這樣的詩句：

真的是我倖存而他人
則已死，全都已死？親密的朋友們
頂著煦日他們都已大化西行；
而對我則夜晚再也不會終止，
一個永不安息的黑夜。

戰爭沒有結束，戰爭存在於人們的自大裡；戰爭也不會有倖存著，死亡如枝梢滴水般滲進人們的靈魂深處。格里費士的戰爭詩否證著一切戰爭機器發動出來的戰爭詩！

吸血鬼的身世

「吸血鬼」已不再是恐怖小說，它的愛情與色情部分遂被突出吸血鬼被「後現代化」。

九二年下半年，全球出現「吸血鬼熱」，它不是歇斯底里的恐懼，而是一種商品流行：吸血鬼電影突然間多如雨後春筍，最具有後現代性格的是「親愛的，我把他變成吸血鬼了」，吸血鬼變成了俊美但卻憂鬱的好人。除了吸血鬼電影外，今春的巴黎和米蘭時裝展，「吸血鬼裝」均是重點，高簷復古禮帽，鑲血紅邊的黑色長禮服，蕾絲花邊雪白襯衣，深藍圓框眼鏡開始走紅；更獨特的是兩名美國商人推出「吸血鬼項鍊」，他們從吸血鬼的家鄉進口當地的泥土，包在金銀項鍊中出售，由於吸血鬼具有魅惑美女的超能力，這種高價位的愛情項鍊居然大發利市。

「吸血鬼」這個文化符號在九〇年代的此刻被如此顛倒扭轉，恐怖意義已完全被滌除，剩下的只有色情、愛情，甚至是喜劇的效應。文化符號隨時代而改變意義，「吸血鬼」（Dracula）的變化就是這樣的故事。「吸血鬼」或同性質的鬼怪，在全世界每一種文化中都存在著，它投射著人類對死亡的恐懼。十九世紀英國作家顧爾德牧師有一篇著名的論文「哀悼的意義」，即從比較民俗學的觀點探討過人類以往對死者的恐懼。在歐洲，黑死病期間濫葬成習，許多未死之人亦被埋葬，半夜破墓而出狼藉摸索回家之事常有。於是，復活和妖鬼等原始迷信遂告相連。「吸血鬼」最先以這種混合的、沒有形象的傳說狀態出現；「吸血鬼」會變成野狼、蝙蝠，他怕大蒜花、十字架，吸血鬼長有獠牙等特質均尚未出現。「吸血鬼」的傳統在巴爾幹半島這片東正教和天主教相爭、思想錯亂真空的土地上最為盛行。

繼傳說階段之後，十九世紀出現了「吸血鬼文學」，吸血鬼和文學浪漫主義結合。「吸血鬼文學」起源於一八一六年拜倫、雪萊等人的一次聚會，拜倫的醫師波里道利在那次聚會中決定寫《吸血鬼》（The Vampyre），這篇小說於一八一九年完成，他將拜倫的形象賦予了吸血鬼——他憂鬱、對女性有魅力，「吸血鬼文學」成為「哥德式文學」裡的重要支流，它具有奇幻、慾望、愛情、復古等複雜面貌。

「吸血鬼」在一八九七年史杜克（Bram Stoker）的長篇小說裡被經典化。他將吸血鬼和中古時期羅馬尼亞的殘暴民族英雄德古拉（Dracula）相連，「吸血鬼」神話被建造完成。除了「吸血鬼」本體之外，這本小說也同時為整個維多利亞時代資產階級的理性文明和男女價值觀作了注腳。「吸血鬼」不是好小說，但卻是好看卻又充滿文化意義的小說，小說裡潛存著歐洲人的「恐黃症」、被壓抑的色慾、撒旦崇拜症等元素，任由後代人根據時代的變化而重新捏塑與竄改、拼合。當然也就有人分別從民俗神話學、佛洛依德，以及馬克思的觀點來加以解讀。

到了今天，人們對死者的恐懼日漸消除，「吸血鬼」已不再是恐怖小說，它的愛情與色情部分遂被突出——吸血鬼被「後現代化」。從早期人們談吸血鬼而色變——英國到一八二〇年才廢止將自殺死者心口釘樁以防其變為吸血鬼的法律，以迄於今人們希望自己有吸血鬼那種愛情魅力，文化符號未變，改變的只是人類的意識！

從沙龍到俱樂部

恐怖意義已完全被滌除，
剩下的只有色情、愛情，
甚至是喜劇的效應。

鄉愁是對美好過去的追憶，而西方最大鄉愁之一乃是沙龍，於是，近年來有關沙龍史及沙龍貴婦的傳記遂紛紛出版，曾經顯赫過的許多著名貴婦如史泰爾夫人（Madame de Staël）、吉奧弗林夫人（Madame Geoffrin）、史坦女士（Gertrude Stein）等又重新被人記起。

西方緬懷十八以迄二十世紀初的沙龍，並非對昔日貴婦周旋於政要才子間那種紅袖添香的旖旎歲月有所依戀，而是對「沙龍文化」重新估量。沙龍在近代文明史上曾有過無與倫比的貢獻，而今天這些風流人物安在？

十八世紀開始出現的沙龍，乃是風流文化的極致。才華秀異且美豔活躍的貴婦，在妝閣間邀集溫雅的政要與才女們敘談，它雖然色調粉紅，但多的更是才情的相互激盪與召喚。誰也沒有想到，整個時代的文化價值和藝術形式，就這樣的從繡閣中無形無影的自然產生。沙龍泰斗史泰爾夫人有過兩句名言均傳誦久遠。當她說：「我認識男士愈多，也就愈喜歡狗狗。」所表現的是一種風流式的機智與幽默。然而，當她說：「我們所做的，乃是在異中求同，同時卻也同中求異。」這時候，她所說的即是高格調且嚴肅的價值問題。

沙龍裡誕生了「同中求異，異中求同」的價值，這乃是西方最懷念的過去，政要與文士在貴婦妝閣間敘談，沒有人敢囂張跋扈，強迫的溫文儒雅由此而產生，大家都自然而然的以建設性方式談論政治和藝術。高尚的人格特質會在這裡發揚，當場所不俗，就不可能產生媚俗。今天回頭讀史坦女士的沙龍歷史，最讓人擊節讚嘆的乃是這一則軼事：畢卡索出道時本來想當詩人，極有鑑識能力的史坦女士看了他寫的爛詩後立刻潑以冷水。幸好有了這位貴婦，否則近代就多了一個爛詩人，卻少了一個超級大畫家！

因此，沙龍之好，乃是它在最低衝突成本之下，產生最有創造性的各種價值。沙龍是最好的溝通方式。而今沙龍早已消失，只剩下黨同伐異的幫派或分眾消費的俱樂部。人們不再「異中求同」，剩下的只有「同中求異」，一點點的微小差異就弄得天大地大，爭執不休，這樣的世界怎麼可能不滋擾無窮！

西方人從俱樂部想回到以前的沙龍，緬懷昔日的風流蘊藉。今天我們這個島嶼也同樣是俱樂部太多，但風流儒雅的異中求同何在？

埃及豔后的鼻子

相信「無法避免」的人會讓一切都變得「無法避免」，只有願意想像的人，看事情才會更加開放。

「埃及豔后的鼻子」（Cleopatra's Nose）是個著名的譬喻。十七世紀法國哲學家巴斯卡的一句名言讓這個譬喻產生：「如埃及豔后的鼻子短了一些，世界的面目將為之改變。」

克麗奧佩特拉是西元前一世紀的埃及女王，她的美豔風情舉世無雙，先後征服了羅馬帝國的凱撒及安東尼，但最後仍走上國破自殺的悲運。如果她的鼻子短了一些，不再是美女，那些偉大的愛情誘拐不致發生，誰知道羅馬及埃及的故事會如何重寫。

但「埃及豔后的鼻子」畢竟沒有變短，以它為假設而談論的一切，當然也都是猜測。這是一種「反事實敘述」和「虛擬歷史」。由於人間的一切事情都只會發生一次，有如箭矢飛去，無法重來。於是人們遂寧願「事後諸葛亮」的相信一切已發生的事都「無法避免」，而不願在「反事實」及「虛擬」裡去馳騁想像。相信「無法避免」的人會讓一切都變得「無法避免」，只有願意想像的人，看事情才會更加開放。

近年來，這種「反事實」及「虛擬」的思想逐漸興起，人們開始問一些奇怪而有趣的問題：

如果當年的西班牙無敵艦隊沒有被英國打敗，那麼就不會出現大英帝國，當然也不可能有莎士比亞。世界又會怎樣？

如果當年拿破崙戰敗後逃到美洲，他是否有可能早就建造出一個大美洲帝國？如果第二次大戰，敗的不是德國而是英美，現在的世界又會變成什麼模樣？

世界上已發生的事並非都那麼「無法避免」，許多都是偶然或失誤。一七七六年八月二十九日，華盛頓被英軍包圍，一場大霧使他得以逃脫，否則大概就不會有今天的美國，這是偶然。昔日的希特勒掌握天下第一的戰車及戰機部隊，如果他換了別的戰略，可能就會有另一種完全不同的結局，這是失誤。知道偶然，才會心存感激，而不是在「無法避免」裡驕傲自大。知道失誤，也才會謹慎恐懼，知道並不是自己有什麼「無法避免」的好命運。

「反事實」和「虛擬」的思考方式漸漸興起，顯示的是人們對「無法避免」這種想法的倦怠。「無法避免」的這種觀念和想法，讓人過度的自大和自卑，甚至助長偏見，對「無法避免」多一點懷疑，才會比較自信但謙虛。眼睛開始看未發生的事，在想像裡重新學習，或許未來的人將因此變得更加可愛一點也說不定。

穿過必朽的帷幕張望永恆

所有的神祕主義傳奇，
既是保留下來的集體記憶，
也是文化上的多重喻義。

「離散——復合」是西方神祕主義裡的永恆課題：我們被丟棄在這滾滾濁世，那個更好的自我已離我而去，我們不再是整體，而是被切割開來的一種缺欠，悸動的盼望著與那失去的部分重新復合。神祕主義詩人威廉·布萊克（William Blake）的詩句：「穿過必朽的帷幕張望永恆」，代表了對復合以及由此而產生的圓滿之慕念。

神祕主義者稱呼這種被棄、被切割的「離散」狀態是「不可救贖的黑暗」。

「十字架約翰」（John of the Cross）和奧格斯丁‧貝克（Augustine Baker）等都細述過這種黑暗的況味：我們變成了「不值得的東西」，「死亡的陰影，地獄似的折磨已能夠在此世被預先尖銳的感知」，時時籠罩在「有所欠缺的不安與騷動」之下。有所欠缺的不得圓滿，乃是一種未經分化的情愫，它可以指涉人們與上帝的關係，可以指自己更好的靈魂，也可以是愛情烏托邦的顯露，「離散」的狀態是一種本質性的焦慮不安。

離散的欠缺是騷動不安，是由於不完整以至於無法自我定位的漂浮無根；於是，「復合」也就變成了一種形而上的狂喜。神祕主義詩人賈拉魯丁（Jalaluddin）有一首詩描寫復合的感受：

與你甘美的靈魂，也是我的
如水與酒般相拌合。
當我們使它相混
誰還能讓它再分？
你變成了更大的我

就不再有任何狹小能將我們所限。
……
我置一管木笛於你的唇
像一把魯特琴，我偎於你胸。
我將寬心的悠長吐氣
但心弦震動，淚水早已晶瑩。

這就是「離散——復合」的人間戲劇。賈拉魯丁的詩既是聖詠，也是神祕主義的慕道詩，甚至於還可視為情詩，以及討論人與他人相互溝通相互完成的哲學寓言詩。「離散——復合」這個主題乃是多義的隱喻符碼，宣述著人對自己有所缺欠的遺憾，也布達了人們對圓滿的企盼。波蘭導演奇士勞斯基（Krzysztof Kieślowski）的電影《今世今生》（或譯《雙面薇若妮卡》），注解了西方神祕主義「離散——復合」的基本信念。

《今世今生》是個天主教神祕主義的傳奇故事：兩個各不相涉的薇若妮卡，一個在波蘭故都克拉科夫，另一個則是巴黎人，她們都以音樂維生，前者是經文歌及彌撒曲的女高音，後者是大提琴教師，她們互不相識，也不知道對方的存在，只有巴黎的薇若妮卡旅遊克拉科夫時與波蘭的薇若妮卡有過未完成的相遇。而後，波蘭的維若妮卡在演唱會心臟病發而逝。巴黎的薇若妮卡即陷入了「離散」的情境中，這是種神祕的「缺欠」之感，在這種神祕性導引下，出現了神祕的復合式的愛情，巴黎的薇若妮卡騷動的生命只在得知波蘭薇若妮卡的存在後，才在狂喜中得到妥安。《今世今生》的故事，表面上是人生的傳奇與情愛，但在彌撒曲裡「哀憐頌」風格的配樂襯托與催逼下，整部電影末了的情節反而變成了一個祈使句：我們不圓滿，未完成的生命充滿了太多東西有待尋尋覓覓。

所有的神祕主義傳奇，既是保留下來的集體記憶，也是文化上的多重寓意。「離散——復合」是一種神祕主義的基本型，它提示出：我是不完整的，我必須尋找到能補足自己的另一個我！

國家圖書館出版品預行編目資料

曾經 世紀末抒情 / 南方朔著 . ——二版——臺北市
：大田，2017.11

面；公分 . ——（智慧田 ; 007）

ISBN 978-986-179-509-6（平裝）

855　　106016536

智慧田 007

曾經 世紀末抒情

南方朔◎著

出版者：大田出版有限公司
台北市 10445 中山北路二段 26 巷 2 號 2 樓
E-mail：titan3@ms22.hinet.net http：//www.titan3.com.tw
編輯部專線：（02）2562-1383 傳真：（02）2581-8761
【如果您對本書或本出版公司有任何意見，歡迎來電】

總編輯：莊培園
副總編輯：蔡鳳儀 執行編輯：陳顗如
行銷企劃：古家瑄 / 董芸
校對：黃薇霓
法律顧問：陳思成
印刷：上好印刷股份有限公司（04）2315-0280
一版初刷：1998 年 09 月 30 日
二版初版：2017 年 11 月 10 日 定價：320 元
國際書碼：978-986-179-509-6 CIP：855/106016536

From：

地址：

廣　告　回　信
台北郵局登記證
台北廣字第01764號

平　信

To：台北市10445中山區中山北路二段26巷2號2樓

大田出版有限公司　**／編輯部　收**

電話：(02) 25621383　傳眞：(02) 25818761

E-mail：titan3@ms22.hinet.net

意想不到的驚喜小禮
等著你！

只要在回函卡背面留下正確的姓名、
E-mail和聯絡地址，並寄回大田出版社，
就有機會得到意想不到的驚喜小禮！
得獎名單每雙月10日，
將公布於大田出版粉絲專頁、
「編輯病」部落格，
請密切注意！

編輯病部落格

大田出版

大田出版 讀者回函

姓　　名：________________________________
性　　別：□男 □女
生　　日：西元________年________月________日
聯絡電話：________________________________
E-mail：________________________________
聯絡地址：________________________________
____

教育程度：□國小 □國中 □高中職 □五專 □大專院校 □大學 □碩士 □博士
職　　業：□學生 □軍公教 □服務業 □金融業 □傳播業 □製造業
□自由業 □農漁牧 □家管□退休 □業務 □ SOHO 族
□其他 ________________________________

本書書名：0702007 曾經 世紀末抒情

你從哪裡得知本書消息？

□實體書店 ____________ □網路書店 ____________ □大田 FB 粉絲專頁
□大田電子報 或編輯病部落格 □朋友推薦 □雜誌 □報紙 □喜歡的作家推薦

當初是被本書的什麼部分吸引？

□價格便宜 □內容 □喜歡本書作者 □贈品 □包裝 □設計 □文案
□其他 ________________________________

閱讀嗜好或興趣

□文學 / 小說 □社科 / 史哲 □健康 / 醫療 □科普 □自然 □寵物 □旅遊
□生活 / 娛樂 □心理 / 勵志 □宗教 / 命理 □設計 / 生活雜藝 □財經 / 商管
□語言 / 學習 □親子 / 童書 □圖文 / 插畫 □兩性 / 情慾
□其他 ________________________________

請寫下對本書的建議：

※ 填寫本回函，代表您接受大田出版不定期提供您出版相關資訊，
大田出版編輯部 感謝您！